Alfred Bock

Der Flurschütz

Ein Roman aus dem Hessenland

(Großdruck)

Alfred Bock: Der Flurschütz. Ein Roman aus dem Hessenland (Großdruck)

Erstdruck: Berlin, F. Fontane und Co., 1901

Neuausgabe
Herausgegeben von Theodor Borken
Berlin 2019

Der Text dieser Ausgabe wurde behutsam an die neue deutsche Rechtschreibung angepasst.

Umschlaggestaltung von Thomas Schultz-Overhage unter Verwendung des Bildes: Franz von Defregger, Jäger, vor 1900

Gesetzt aus der Minion Pro, 16 pt, in lesefreundlichem Großdruck

ISBN 978-3-8478-4181-4

Die Deutsche Nationalbibliothek verzeichnet diese Publikation in der Deutschen Nationalbibliografie; detaillierte bibliografische Daten sind im Internet über www.dnb.de abrufbar.

Henricus Edition Deutsche Klassik UG (haftungsbeschränkt), Berlin
Herstellung: BoD – Books on Demand, Norderstedt

1.

Der Pfarrer ergriff die Schaufel, warf langsam mit abgemessener Bewegung dreimal Erde auf den Sarg und sprach:

»Von Erde bist du gekommen, zur Erde sollst du wieder werden, Jesus Christus, unser Erlöser, wird dich auferwecken am Jüngsten Tag.«

Darauf wandte er sich der Trauerversammlung zu.

»Lasset uns beten!«

Die Männer nahmen die Mützen ab, die Frauen falteten die Hände.

»Wir danken dir, Herr Jesu Christ, dass du unser Gebet und Flehen nicht verachtet, sondern gnädiglich erhört hast. Du hast unsere Schwester aus der Angst gerissen und in die ewige Ruhe eingeführt. Ach, lieber Heiland, wir sprechen mit Hiob: ›Der Herr hat's gegeben, der Herr hat's genommen, der Name des Herrn sei gelobt.‹ Wollest uns deines Heiligen Geistes Gnade verleihen, dass wir uns in dieser Stunde erinnern, wie bald es um einen Menschen geschehen sei, und dass, wie es heute um unsere Schwester gewesen, es morgen an uns sein kann, damit wir in steter und immerwährender christlicher Bereitschaft gefunden werden, dir, wann das Stündlein kommt, durch das finstere Tal des Todes mit Freuden zu folgen in dein Reich, der du samt dem Vater und dem Heiligen Geiste lebst und regierst in Ewigkeit. Amen.«

Nun hoben die Sänger an:

»Wer weiß, wie nahe mir mein Ende!
Hin geht die Zeit, her kommt der Tod.
Ach wie geschwinde und behände
Kann kommen meine Todesnot!

Mein Gott, ich bitt' durch Christi Blut,
Mach's nur mir meinem Ende gut.«

Der Gesang verhallte. Der Geistliche breitete die Hände aus.

»Der Herr segne und behüte euch, der Herr lasse sein Angesicht über euch leuchten und sei euch gnädig, der Herr hebe sein Angesicht über euch und gebe euch Frieden. Amen.«

Die Feierlichkeit war beendet. Ein eiskalter Wind fuhr über den hochgelegenen Gottesacker. Rasch zerstreuten sich die Leidtragenden. Die langen Schleier der talab schreitenden Frauensleute flatterten wie Fahnen hinter ihnen her. Der Flurschütz und sein Sohn waren die letzten, die den Friedhof verließen. An der Umfassungsmauer blieben sie stehen. Zu ihren Füßen lag im Glanz der mittäglichen Sonne das stattliche Dorf; wie die Küchlein um die Henne drängten sich die Häuser um die Kirche zuhauf. In den Gärten und auf den Äckern glitzerte der erste Schnee. Der Wald, der die Gemarkung auf der Nordseite begrenzte, verlief in ein welliges Hügelland. Gen Süden tat sich ein weites Wiesental auf, inmitten strömte ein klarer Bach. Am äußersten Horizont erblickte man die Türme und Häuser der Stadt. –

Der Flurschütz, der sich während der Beerdigung seiner Frau tapfer gehalten hatte, wurde mit einem Male weich. Heiß tropfte es von seinen Wimpern.

»Guck, Jakob«, sagte er, auf ein Feldstück deutend, das sich am Saum des Gemeindewaldes hinzog, »das sein vierzehn Tag', dass ich mit deiner Mutter da drunten auf dem Wolfsacker gestanden hab. Der Justus Hobach hatt' den Grenzstein verrückt. Das hab ich ihr selbigmal gewiesen. Die Sach kommt jetzt vor die Strafkammer. Da war die Mutter redsprächig und hat an kein' Kranket und kein' Tod gedacht.«

Er zog das Schnupftuch hervor und schneuzte sich.

»Und wie ihr heimkommen seid?«, fragte Jakob.

»Da tut sie ihren Sonntagsstaat ab und kommt in die Stub' und sagt: ›Daniel, ich hab so das Reißen im Kopf.‹ Ich war gar nicht sörglich und sagt': ›Leg' dich ein wink, das vergeht.‹ No da legt' sie sich. Es dauert keine Stund', da ist sie ritzerot im Gesicht und red't ganz irr. Etz schick' ich zum Schröpfheinrich. Der schröpft und schröpft, aber es hat nix gebatt'.«

»Glaub's schon«, sagte Jakob.

»Der Doktor war außerhalb. 's ging auf Zehn. Ehnder krag ich ihn nicht ins Haus. Etz hat er die Mutter behorcht und beklopft. Und nimmt mich alleins und spricht: Hirnentzündung.«

»Ja, Vater, no hätt'st du mir doch schreiben müssen.«

»Lieber Gott, bis nach Düsseldorf ist weit. Und wer konnt' dann denken, dass das so schnell ging.«

»Ist's dann wahr, Vater, was die Schmidte Eller gesagt hat?«

»Was dann?«

»Ei, wie die Mutter bei sich war, hätt' sie nach mir gerufen.«

»Ja freilich. Das war am Mittwoch. Die Gritt un ich, wir haben sie selbzweit gehalten. Sie wollt' partout aus dem Bett. Und nächts war ein Gedrens' und ein Gestöhn'. Mein Lebtag denk' ich dran. Und man konnt' ihr nicht helfen. Auf einmal fährt sie in die Höh' und guckt verstaunt um sich. ›Wo ist der Jakob?‹, frägt sie ganz klar. Und ruft: ›Jakob, Jakob!‹ Und fällt zurück und ist hin.«

Dem Burschen liefen die Tränen über die Backen.

»Dass ich sie nicht mehr lebig getroffen hab, das geht mir doch nah.«

»Komm'«, sagte der Flurschütz, »'s macht kalt hier oben.«

Sie gingen langsam den scharf abfallenden Hang herunter. Der Flurschütz überragte seinen Sohn um Haupteslänge. Er konnte als Typus des oberhessischen Bauern gelten. Er war von hoher, kräftiger Gestalt, hatte ein offenes Gesicht und hellblaue Augen. Sein volles, blondes Haar war leicht gekräuselt. Im Gegensatz zu seinem Vater war Jakob zart gebaut, hatte einen schwarzen Krollenkopf und dunkle, schwermütige Augen. Er schlug der Mutter nach, deren Familie vom Oberrhein stammte.

Schwarz wie 'n Polack, hatte einstmals die Hebamme gesagt, als sie dem Flurschützen den eben zur Welt gekommenen Buben hinhielt. Dieser unterschied sich heranwachsend nicht nur äußerlich von der flachshaarigen Dorfjugend, er war ein kurioser Knibbes, der einzling im Haus sein Wesen trieb und Wände und Tische mit allerlei Figuren bemalte. Als er konfirmiert war, tat ihn sein Vater zum Weißbinder Möhl in die Stadt. Hier zeigte er sich so anstellig, dass der Meister seine Freude an ihm hatte und ihn nach beendeter Lehrzeit als Gesellen behielt. Ja, eines Tages machte der Meister sich auf zum Flurschützen nach Eschenrod. »Daniel«, sagte er, »in deinem Bub steckt was. Das soll man nicht verkümmern lassen. Wann er seine Militärsache hinter sich hat, musst du ihn auf die Kunstgewerbeschul' nach Düsseldorf schicken. Das kost' dich viel Moos. Aber du musst's an den Bub hängen. Und ich leg' mein' Teil zu!« Der Flurschütz hatte sich nicht gesträubt. Der Jakob diente seine Militärzeit ab und zog nach Düsseldorf. Dort war er seit Jahresfrist. Die Botschaft vom jähen Tode der Mutter hatte ihn so spät erreicht, dass er mit knapper Not noch zur Beerdigung gekommen war.

Vater und Sohn schritten die menschenleere Dorfstraße entlang. Es war Sonntag. Aus den Stallungen drang das Brüllen des Rindviehs und das Blöken der Schafe. Hie und da tauchte hinter den Fensterscheiben das welke Gesicht eines alten Mütterchens auf. Die jüngeren Leute waren in den Wirtshäusern beisammen.

Der Kirche gegenüber lag das hellgestrichene, zweistöckige Haus des Flurschützen. Auf dem Donbalken über der Eingangstür stand der Spruch:

Sieh vor dich und sieh hinter dich,
Die Welt ist gar zu wunderlich.

In der geräumigen, höchst einfach möblierten Stube des Erdgeschosses hatten sich die Männer und Frauen aus dem Verwandten- und Freundeskreise zum Leid versammelt. Als der Flurschütz und sein Sohn eintraten, verstummte die Unterhaltung. Schweigend ließ man sich an ungedecktem Tische nieder. Die Bauern, durchweg bartlos, nahmen sich in ihren blauen Kirchenröcken gar stattlich aus. Die Frauen trugen schön gestickte Mützchen, die wie Schwalbennester auf hochgestecktem Haarzopf saßen. Ihr Oberleib war in ein Mieder von dunkelblauem Stoff gepresst. Die kurzen, reich besetzten Ärmel waren über dem Ellenbogen umgeschlagen. Den Hals zierte die Krellschnür. Von den Hüften herab fielen kurze, nur bis zu den Knien reichende Röcke, der oberste war von schwarzem Beidergewand. Die Zahl der Röcke galt als Maßstab der Wohlhabenheit. Reich verzierte, baumwollene Strümpfe und Klötzschuhe mit hohen Absätzen vollendeten die alte volkstümliche Tracht. –

Die Schnappersgritt, eine zahnlose Sechzigerin, die die Wartung im Hause des Flurschützen übernommen hatte, trug eine riesige Kanne Kaffee und zwei mächtige Blechkuchen auf. Ohne dass ein Wort gesprochen wurde, schlürfte man den heißen Trank und ließ sich das leckere Gebäck dazu schmecken. Erst nachdem die Kaffeekanne geleert und die Kuchen bis aufs letzte Krümchen verzehrt waren, sprach der Ortsdiener, ein ältlicher Mann mit großer Habichtsnase und buschigen Brauen:

»Ja, Daniel, so ist's. Ich weiß noch recht gut, wie euch der Pfarrer zusammengetan hat.«

»Und was hat's auf der Hochzit für sure Krut und Schwinefleisch gegeben«, schmunzelte der Katzenhannes.

»Ja, 's ist ein Herzgespann, hinter so 'ner Frau ihrer Leiche herzugehn«, sagte die Sägmüllerin leidmütig. »Sie hat auch für die armen Leut' was übrig gehabt.«

»Und wie!«, bestätigte der Bettelkasper. »Da konnt' unsereins kommen bei Tag und bei Nacht.«

»Das Gebschnitzige hat in ihr gesteckt«, sagte der Balthasar Röckel, ein Vetter des Flurschützen. »Wart', wann war's dann? Ja den ersten Advent. Da sein ich ihr drunten am Wittgeborn begegnet. Und da trug sie in der Schürz' Nusskern' und Speckstückcher auf die Futterplätz'. Dernacher hatt' sie so ihr' Freud' dran, wann die Meisen kamen und die Baumläufer.«

»Wer gegen das Menschenvolk weichmütig ist, ist's auch gegen das Vieh«, gab die Ortsdienerin ihre Meinung kund.

»Gell', Sonntag hat sie sich gelegt?«, fragte die Sägmüllerin.

»Jawohl«, versetzte der Flurschütz.

»Man sagt als, wann sich eins den Sonntag legt, steht's nicht mehr auf.«

Der Witmann schüttelte den Kopf. »Ich geb nix dadrauf.«

»Sag' das nicht«, tat der Bettelkaspar klug, »es heißt auch, wann ein Baum im Jahr zweimal blüht, stirbt eins aus dem Haus. No und diesen Herbst dein Quetschenbäumchen? Das trifft doch zu.«

»Ich geb nix dadrauf«, wiederholte der Flurschütz ärgerlich.

»Ich mein' als«, mischte sich die Schnappersgritt ins Gespräch, »die Marie hätt' sich die vorvorige Woch' bei der Wäsch' zu viel getan. Da hat sie während in der Näss' gestanden und 's war ihr schon hundsschlecht.«

»Was hilft das Klabern hinterher?«, sagte der Ortsdiener und schielte nach der offenen Küche, woher ihm ein angenehmer Duft in die Nase stieg.

Der Katzenhannes, der ein großer Schlemmer war, sprach halblaut vor sich hin:

»Wecksupp, Fleisch und Hirsebrei
Esst mer und trinkt Bier derbei.«

Die Gritt verstand die Anspielung, humpelte in die Küche und richtete gleich darauf Wecksuppe, Rindfleisch und Hirsebrei an. Der Flurschütz selber schaffte das Bier herbei. Mit gutem Appetit machte man sich über das Essen her, und das Lagerbier, das man in langen Zügen trank, ließ die Trauerstimmung bald verschwinden. Als abgegessen war, rückten die Männer zusammen und zündeten ihre Pfeifen an. Die Frauen suchten die Bank am warmen Kachelofen auf. Von der Verstorbenen wurde nichts mehr gesprochen.

Der Balthasar Röckel erzählte, er wolle am anderen Tage schlachten. Jetzt im Winter war die rechte Zeit dazu. Selten, dass einem Bauer auf der Tenne noch etwas zu dreschen verblieben war. Die Feldarbeit ruhte, höchstens fuhr man den Dung hinaus. Man sprach von der Herbstsaat und von dem Schaden, den die Mäuse angerichtet hatten. Endlich brachte der Ortsdiener die Rede auf den Grenzstreit zwischen den Eschenrödern und Weißenbörnern, der kürzlich auf sonderbare Weise zum Austrag gekommen war. Nachdem die Parteien jahrelang eine Masse Geld verprozessiert hatten, beschlossen sie, ohne Gericht und Advokaten einen Vergleich zu schließen. Zu dem Behuf wurden aus Eschenrod und Weißenborn je fünf Schiedsmänner bestellt. Der Sägmüller und der Balthasar Röckel waren auch dabei. Im Adler zu Weißenborn sollte die Sache geschlichtet werden. Die Weißenbörner waren zuckersüß und wussten den Eschenrödern nicht genug Ehre anzutun. »Was nutzt das Gezänk?«, sprachen sie voll Hinterlist. »Trinkt erst, ihr Leut', trinkt.« Die Eschenröder, der Sägmüller und der Balthasar Röckel voran, ließen sich das nicht zweimal sagen und tranken, bis sie sternvoll waren. Jetzt zogen die schlauen Weißenbörner ein Schriftstück heraus. Das sollten die Schiedsmänner von Eschenrod unterschreiben. Und die gingen auf den Leim, der Sägmüller und der Balthasar voran. Anderen Tages wurde es kund: Sie hatten die strittige Gewann den Weißenbörnern zugesprochen. Die Eschenröder waren fuchsteufelswild und fielen über ihre

Schiedsmänner her. Aber geschehen war geschehen. Schließlich betrachtete man den Fall von der humoristischen Seite und begnügte sich damit, die Schiedsmänner zu verhönschen und zu verspotten. Das geschah auch jetzt wieder bei dem Leichenschmaus; ja der Katzenhannes entblödete sich nicht, mit seinem Bierbass zu brummen:

»So Schiedsleut' wie von Eschenrod
Hat nie kein Mensch getroffen,
Die schlichten nicht, wann sie nüchtern sind,
Die schlichten nur besoffen.«

Der Sägmüller und der Balthasar Röckel waren wütend und tranken in ihrem Zorn mehr als sie vertragen konnten. Es währte nicht lange, so erhob sich ein Spektakel, wie er im Wirtshaus gang und gäbe war.

Der Bettelkaspar hatte sich den Frauensleuten zugesellt und tischte ihnen allerhand Spukgeschichten auf. Das war sein Feld. Über den Michelsteich hatte er einen Irrwisch fliegen sehen und ihm nachgerufen:

»Irrwisch, brennst wie Hawwerstroh,
Komm und leucht mir aach e so;
Wann du mich kräist für der Tür,
Därfst du mir geben einen Tritt hinne für.«

Die Weiber lachten, der Bettelkaspar aber sagte ganz ernsthaft:
»Da ist nix zu lachen. Hat doch der Pfarrer erst neulich gepredigt: Viel Dinge gibt es zwischen Himmel und Erde, wovon eure Menschenweisheit sich nichts träumen lässt.«
»Das ist wahr«, bekräftigte die Sägmüllerin, »ich brauch' bloß an die Geschicht' mit dem rote Kuhlche zu gedenken.«

»Was war's mit dem rote Kuhlche?«, ging man sie an.

Die Sägmüllerin setzte eine gewichtige Miene auf.

»Ich sein doch von Gonterskirchen. Da ist's passiert. Und ich hab's rote Kuhlche gut gekannt. Das war ein Eiterbisser, ein Rüppel, schlug seine Frau und riss sie an den Haaren herum. Die Frau duckt' sich und war mausestill. Aber die Haar' hat sie aufgehoben, die der Unfläter ihr ausreißen tat. Wie's Kuhlche – zum Glück – gestorben war, spricht die Frau: ›Weil du mich so misshandelt hast, sollst du im Grab keine Ruhe haben!‹ Und legt ihm den Bützel Haar unter den Kopf. No wird er begraben. Auf einmal tut's da drunten ein' Krach. Die Mannsleut ziehen den Sarg herauf und gucken nach. Gott sei bei uns! Hat sich das Kuhlche herumgedreht und liegt akrat auf'm Gesicht. Da haben sie den Haarbützel weggetan, dass er etzener doch seine Ruh' haben sollt'.«

Die Weiber überlief es kalt, und der Bettelkaspar tat ein Übriges, ihnen das Gruseln beizubringen.

Drüben bei den Männern zahlte eben der Sägmüller die Hänseleien des Ortsdieners mit doppelter Münze heim und berührte Vorkommnisse aus der Amtstätigkeit des Dorfpolizisten, die diesen in ein schiefes Licht stellten. Um ein Haar, und die beiden wären aneinander geraten. Da winkte Jakob, der »Maler«, seinem Vater mit den Augen zu. Dieser erhob sich und gab damit das Zeichen zum allgemeinen Aufbruch.

Auf der Straße schimpfte der Sägmüller über das knickserige Leid. Der Flurschütz, der Knauser, habe nicht einmal ein Kännchen Branntwein ausgegeben. Der Ortsdiener, dessen Gereiztheit gegen den Schiedsmann mit einem Male verflogen war, spuckte aus und behauptete, die Wecksuppe habe wie Spülicht geschmeckt.

Der Katzenhannes aber, der schwer geladen hatte, fasste den Bettelkaspar unter den Arm und sang:

»Der Kurfürst von Hessen

Ist ein kreuzbraver Mann,

Denn er kleidet seine Soldaten

So gut wie er kann.

Der Kurfürst von Hessen,

Der hat es gesaht,

Dass alle jungen Burschen

Müssen werden Soldat.

Und die Hübschen und die Feinen,

Die sucht er heraus,

Und die Lahmen und die Buckligen

Die lässt er zu Haus.«

Die Gesellschaft marschierte im Tritt hinter dem Sänger her. Vor dem Wirtshaus zur Krone wurde haltgemacht.

»Ihr Weibsleut«, gebot der Ortsdiener, »geht etzener heim und wärmt als die Better. Wir haben uns noch was zu verzählen.«

Die Frauen gehorchten, die Männer zogen mitsammen in die Krone, ihren großen Brand zu löschen.

2.

Es war noch völlig dunkel am anderen Morgen, als die Schnappersgritt an Jakobs Kammer pochte. Dieser hatte einen dreistündigen Marsch in die Stadt vor sich, gegen neun Uhr ging sein Zug nach Düsseldorf. Flink kleidete er sich an und begab sich in die Stube hinunter, wo der Vater bereits seiner harrte.

»Wie ist's dann mit Geld, Jakob?«, fragte der Flurschütz.

12

»Ich hab schon noch«, versetzte Jakob, »aber dessentwegen könnt' ich doch was brauchen.«

Der Flurschütz langte aus dem Wandschrank eine Geldrolle hervor und übergab sie seinem Sohn.

»Guck, Jakob, ich hab mit deiner Mutter nie nix vorgehabt, nur über dich haben wir uns als gekappelt. Kein Wunder! Sie hat sich's vom Mund abgespart, dass sie dir die Markstücker schicken konnt'. Das hat mich gewurmt. Meine Sprach' war, man soll sich nicht ehnder ausziehen, als bis man schlafen geht. Ich weiß wohl, wann ich draußen war, sein die Brief' von dir gekommen. Als ein Lamentier'n um Geld. Mir hast du die Gunn gar nicht angetan, dadrum anzuhalten, hast gemeint, du musst dich hinter die Mutter stecken.«

»Ich hab mich scheniert«, wandte Jakob ein, »wo du doch schon deine achtzig Mark den Monat gibst.«

»Und fünfundzwanzig der Weißbinder Möhl – dass du's nicht vergisst.«

»Ja, Vater, 's ist barbarisch teuer da drunten.«

»Kann sein.«

Der Flurschütz ging ein paarmal in der Stube auf und ab und blieb dann vor seinem Sohn stehen.

»Wie lang' denkst du dann noch die Hosen auf der Kunstschul' zu verrötschen?«

»Noch ein halbes Jahr, hat der Professor gemeint, hernach könnt' ich ankommen, wo ich wollt'.«

»Ich leg' dir nichts in den Weg, wann du deine Sach' nicht vertust.«

»Bei Leib nicht, Vater.«

Der Flurschütz sah den Burschen scharf an.

»Guck, Jakob, ich bin nicht für das Heimscheln, und was ein Duckmäuser ist, mit dem sein ich schnell fertig.«

Jakob senkte vor dem durchdringenden Blick des Vaters den Kopf.

Dieser kreuzte die Arme über der Brust und sagte:

»Acht Tag' nach Pfingsten ist dem Briefträger Becker sein Heinz herunter ins Westfälische gemacht. Und ist auch in Düsseldorf bei dir gewest –«

»Ei dadevon weiß ich ja gar nix«, unterbrach Jakob den Vater.

»Dessentwegen sprech' ich dadrüber. Der Heinz hat's dernacher haarklein verzählt. He klopft in aller Früh' an deine Stüb'. 's tut ihm keins auf. He klopft wieder. Etz geht die Tür auf, und so'n struwwelig Weibsbild steckt den Kopf heraus. Der Herr Schwalb, sagt die, tät noch schlafen. No, der Heinz ist nicht auf den Kopf gefallen, hat sein Teil gedacht und hat sich fortgemacht. Sag' mal, wen hatt'st du dann da bei dir einlogiert?«

»Hab's schier vergessen«, stotterte Jakob puterrot.

Der Flurschütz hatte ihn auf dem Korn.

»Guck, Jakob, da geh'n die Markstücker hin. Etz zissel' dich heraus. 's ist akrat wie beim Militär, wo du dein Geld für das Weibsgeschirr verjuckert hast.«

»Sacht, Vater, sacht«, wollte sich Jakob verteidigen. Der Flurschütz aber schnitt ihm das Wort ab.

»Schweig still, da gibt's nix zu verdutscheln. Guck, deine Mutter hat nie nix bei mir auszustehn gehabt. Ich hab sie hochgehalten und ästemiert. Und doch hatt' sie als junge Frau ihren Brast. Von wegen ihrem Vater. In seinem Ort haben sie ihn den Waldbock geheißen. 's ist einem, weiß Gott, zu schamelich, dadrüber zu schwätzen. No kurz und gut. Der hat sich als geheirater Mann in den Wald gelegt und hat auf die Mädercher Jagd gemacht, die da durchpassiert sind. Und hat auch vor Gericht gestanden. Und ist an seiner Schlechtigkeit zugrund gegangen. Wann man sich das so vorstellt und dich etz betracht', kommt man auf artliche Gedanken: Das Gelüstrige, sag' ich, steckt dir im Blut. Jakob, seh' dich vor! Wann du in der Bredullje bist, ich helf' dir nicht heraus. Und streck' dich nach deiner Deck'. Und halt' dich sauber!«

Es schlug halb sechs. Jakob warf seinen Ranzen über den Rücken, bot dem Vater die Hand und schied. Die Schnappersgritt gab ihm bis zu ihrem Häuschen das Geleit.

Als der Tag graute, legte der Flurschütz seine Dienstabzeichen an und verließ das Haus. Draußen blieb er nachdenklich stehen, bog dann in eine Seitengasse ein und stieg den Hang zum Friedhof hinauf. Über Nacht war reichlicher Schnee gefallen, der mählich bei lindem Südwest wieder schmolz. Auf glitschigem Pfade setzte der Flurschütz den Knotenstock ein, dass sein Körper Halt gewann. Jetzt hatte er die Höhe erreicht. Noch ein paar Schritte vorwärts, und er stand am Grabe seiner Frau. Er legte den Stock beiseite und faltete die Hände. Wie hatte der Pfarrer gesprochen? Als Christin hat sie gelebt, und selig ist sie abgeschieden. Da hatte er recht. Sie war eine fromme Frau. Die Krankheit hatte sie schreckhaft überfallen, aber wie's aufs Letzte ging, hatte sie doch einen schönen Tod, tat keinen Ruck und Zuck. Ja, ihr war wohl. Wenn er auch erst so weit wäre! Zwar stand er noch mitten in seiner Mannheit und Kraft, allein wie sollt es künftighin werden? Wenn man vierundzwanzig Jahre beweibt war, und die Frau starb einem jählings weg, das war grausam hart. Drüben am Geiersberg standen zwei Blutbuchen, ihr Geäst hatte sich verschlungen. Hieb man die eine nieder, musste man auch die andere fällen. Und kam ihre Zeit, so sanken sie mitsammen. Mann und Frau, die in guter Eheschaft lebten, waren selbander verwachsen. Und doch geschah's gar selten, dass der Sensenmann sie beide traf. Eines musste vor dem andern fort. Ja, der Mensch war kein Baum und hatte seine Vernünftigkeit. Freilich, freilich! Und doch kam man sich jetzt überhüppelt vor und verspürte inwendig ein Zoppeln und Nagen, dass man am liebsten gleich abfahren tät'.

Er bückte sich nieder und schüttelte den Schnee von den Totenkränzen. Dabei sank er tief in das lockere Erdreich ein. Rasch trat er zurück. Ja, abfahren! Das schwätzte man so hin. Es starb sich nicht so schnell. Wenn man lebig war, war's eben nicht auszudenken, wie man da drunten haussess sein konnte. Das Simelier'n half nichts. Man musste sich aufrappeln, unter das Menschenvolk gehen und seine Arbeit tun.

Er nahm seinen Knotenstock wieder zur Hand und schritt langsam dem Ausgang des Friedhofs zu.

Die nächste Sorge war, dass sein Hausstand in Ordnung blieb. Viel war nicht zu leisten. Als Flurschütz hatte er seine Äcker in Pacht geben müssen, das bisschen Gartenland konnte er selbst bestellen. Die Schnappersgritt blieb wohl fürs Erste im Haus. Sein Gusto war sie gerade nicht. Von der konnte man auch sagen – wie von vielen Weibsleuten – lange Haare, kurzer Sinn. Doch griff sie tüchtig zu und hielt auf ein schmackhaft Essen. Zudem war er den ganzen Tag draußen. Das Schlimmste war, wie man die Abende hinbringen sollte. Er war kein Wirtshausläufer, musste sich höllisch in Acht nehmen; denn trank er auch nur ein Glas über den Durst, – holterdipolter! – war der Teufel los. Darum hatte ihn seine Frau selig abends nicht fortgelassen. Und er war gern geblieben. Da las er ihr das Kreisblatt vor, von A bis Z und machte jeweilig den Krittelfax. Dann lachte sie und sagte: »Du bist ein Gescheidigkeitskrämer und schwapperst wie ein studierter Mann.« Manchmal brachte der Kolportierer Melchior ein Buch aus der Stadt. Zuletzt eins, das hieß »Der Scharfrichter von Berlin«. Da watete man förmlich in Menschenblut. Schrecklich musst' es zugehen in dem Berlin. Eng rückte man zusammen und war froh, dass man so weit von dem Teufelsgespüknis war. So ging gemach der Winter hin. Im Frühjahr und im Sommer verschlang die Arbeit alle überflüssigen Gedanken. Kein Unfriede wäre in ihrer Eheschaft aufgekommen, hätte der Jakob nicht Anlass zu Streit und Gezänk gegeben. Den Heimduckser hatte er schon als Dreikäsehoch auf dem Strich. Die Mutter aber hielt ihm partu die Stange und meinte, ein junger Baum der lasse sich noch biegen. Prostemahlzeit!

Der sich biegen. Gut, dass der Verdrussbub sein Bündel geschnürt hatte und Farbenkleckser geworden war. Hier am Orte hätte er als Vater auf seinem Recht bestanden und ihn gehörig gezauselt.

Unter derlei Gedanken war der Flurschütz in die Gemarkung herabgestiegen, die er pflichtmäßig abzuschreiten hatte. Im Winter war das bald getan, denn die Bauern hoben sich den Feldfrevel für die gute Jahreszeit auf.

Er setzte über den Hollerbach und trat gleich darauf in den Gemeindewald. Das war ein gemischter Bestand von Eichen, Buchen, Fichten und Kiefern, so gut bewirtschaftet, dass es auch Wintertags eine Lust war, sich darin zu ergehen. Das taten freilich die Eschenröder nicht. Die hockten lieber am warmen Ofen oder rekelten sich in den Wirtshäusern herum. Nicht so der Flurschütz. Er liebte die Natur auf seine Art und hatte für die Waldespracht Herz und Sinn. Wie staats und still lag vor ihm der Forst, das Gezweig der Laubhölzer überzuckert, die Fichten und Kiefern von der Schneelast beschwert. Da nun die Sonne den Nebel durchbrach, vermeinte man sich in einem funkelnden Saal. Das Auge war geblendet von all dem Glanz. Kein Menschenwerk war so herrlich wie das. Und von den Stämmen rannen die blinkenden Tropfen, bei jeder Baumart mit eigenem Ton. Ja, wenn man horchte, klang's wie Musik. Da ward einem seltsam wohlig zumut, als schlüpfte man aus der alten Haut. Und der Brast zerging wie rings der Schnee.

Als der Flurschütz gegen Mittag in seine Behausung zurückkehrte, setzte ihm die Schnappersgritt Kraut mit Speck und Salzstücke vor. Es schmeckte ihm, und er forderte auch die Alte auf, zuzulangen. Diese lehnte mit den Worten ab, es sei ihr nicht just, sie bringe keinen Bissen herunter.

»Oha!«, machte der Flurschütz.

Die Alte schupperte sich.

»Hab's Magendrücken und Reißmatismus.«

Der Flurschütz sah sie teilnehmend an.

»Du wirst dich verkältet haben.«

»Möglich.«

»Du musst einmal geherigd schwitzen. Das treibt's heraus.«

»Ja schon, aber wer soll dann bei dir die Arbeit tun?«

Der Flurschütz kratzte sich hinterm Ohr.

»Freilich, das passt etz schlecht.«

Die Schnappersgritt nahm auf der Ofenbank Platz.

»Ich will dir was sagen, Daniel. Ich sein alt und klapperig. Ich hab's halt probiert, ich kann mich nicht so strabelezieren.«

»Sei doch nicht äbsch. Wer schwätzt dann von strabelezieren?«

Die Gritt runzelte die Stirn.

»Ihr Mannsleut ästemiert das nicht: Enz auf'm Boden, enz auf'm Hof, bald in der Stub', bald in der Küch' und alles blitzeblank. Das will geschafft sein.«

»Ja, ja.«

»Gelte? Da braucht eins gesunde Knochen. Ich pack's nicht, Daniel. Hier herein gehört eine kräftige Weibsperson.«

Der Flurschütz erhob sich und sagte besorglich:

»Du wirst mich doch nicht im Ungerück stecken lassen?«

»'s pressiert nicht auf Stund' und Minut«, versetzte die Alte, »ein paar Tag' schrackel' ich noch hin.«

»Das heiß' ich ein schön Geheugnis«, sagte der Flurschütz verdrießlich. »Wo krieg ich dann schnell eins her?«

Die Alte zuckte die Achseln.

»Ja, Daniel, du tust dein Gottsbestes und guckst dich um.«

Sie gingen die ganze Dorfschaft durch, Haus für Haus. Die Tochter eines wohlhabenden Bauern gab sich gewisslich nicht dazu her, dem Flurschützen die Wirtschaft zu führen. Da waren einletzig ein paar arme Weiber, allein denen konnte man nicht um die Ecke trauen. Guter Rat war teuer. Sie sannen hin und her. Zuletzt schlug sich die Gritt vor die Stirn.

»Etz fällt mir was bei.«

»No?«, fragte der Flurschütz erwartungsvoll.

»Da ist meiner Schwester ihr Kind, die Christine. Wallbott schreibt sie sich und ist von Freienstein. Die dient beim Bäcker Klemmrath in der Stadt. Die hat was zuzusetzen und flenzt sich nicht, wann's arbeiten heißt.«

»Ja, geht dann die aufs Dorf?«

»Das ist die Frag'. Sie hat nix, ist arm wie eine Kirchenmaus. –«

»Arm mit Ehren kann niemand wehren.«

»Und geht dem Verdienst nach, du bist ja bei Geld, kannst schon was ausgeben. Am End', dass sie kommt.«

Ja, ausgeben! Da berührte die Alte einen wunden Punkt. Zwar war der Flurschütz nichts weniger als ein Geizhammel und hatte für die Bedürftigen ein warmes Herz. Aber einer Dienstmagd ins Blaue hinein hohen Lohn verwilligen und noch nicht wissen, wofür? Das ging ihm gegen die Natur. Das musste weislich überdacht sein.

Indessen lobte die Gritt ihrer Schwester Kind durchs ABC. Die Hauptsache war, die Christine wusste hauszuhalten und kam mit wenig aus. Dabei war sie eine leidliche Person. Freilich hatte sie bei aller Manierlichkeit einen Klotz am Bein.

Der Flurschütz horchte auf.

»Wieso dann?«

Die Gritt strich ein paarmal über die Schürze.

»Ei, da hat sie's vor zwei Jahr mit einem Soldat gehabt, einem Erzlump. Der ist auf und davon. Und etz hat sie natürlich ihr Kind.«

»Wo ist dann das?«, forschte der Flurschütz.

»Bei braven Leut. Dem geht nix ab.«

»No, wann ich sonst mit ihr einig werd', das Kind tut mich nicht schenir'n.«

Da sie noch weiter dischkerierten, kam von ungefähr der Geometer aus der Stadt. Dieser wohnte auf dem Marktplatz dem Bäcker

Klemmrath gegenüber und kannte die Christine gut. Wenn die den Dienst bei dem Flurschützen annehme, meinte er, könne er sich gratulieren, ein forsches Mädchen, früh bei der Hand und arbeitsam bis in die Nacht. Und treu wie Gold. Das hatte die Klemmrathen ihm selbst gesagt.

Solcherlei Rede war Wasser auf die Mühle der Schnappersgritt. Bei dem Flurschützen aber war's nun beschlossene Sache: Wenn die Gritt Sonntag halbwegs auf den Beinen war, sollte sie mit dem Milchwägelchen in die Stadt. Und forderte ihr Schwesterkind nicht gar zu viel, so nahm er sie als Magd ins Haus.

3.

Seit Urväterzeiten stand der steinerne Neptun auf dem Marktplatz der Stadt und gebot, den Dreizack erhoben, dem feuchten Element, das zu seinen Füßen aus Drachenmäulern in ein geräumiges Becken rann. Hier füllten Städter und Städterinnen, Knechte und Mägde ihre Eimer und wetzten ihre scharfen Schnäbel dabei.

Sonntags in aller Frühe war es, dass Christine, die Magd ans Freienstein, ihre Kameradinnen, die Fränz und die Lene am Brunnen traf. Selbdritt waren sie vom Lande in die Stadt gekommen, hatten mancherlei Unbill in hartem Dienst erfahren und auch in Liebeshändeln ihr Herz erprobt. Die Lene hielt einem Fuhrknecht die Treue, der Fränz gefiel die Abwechslung. Mit der Christine hatte ein Wicht sein Spiel getrieben; aus ihrem Gesicht sprach ihre Leidensgeschichte. Sie war mittelgroß, von schlankem Wuchs. Das kastanienbraune Haar hatte sie hoch aufgesteckt. Aus ihren tiefen, dunklen Augen leuchtete verhaltene Leidenschaft. Um ihren Mund hatte sich eine Kummerfalte eingegraben. Wenn sie sprach, sah man ihre schönen weißen Zähne. Ihre Hände waren klein, aber von harter Arbeit rot und gequollen. Obgleich man ihrem wohlgebauten Körper Kraft und Frische zutrauen konnte, trug ihre ganze Erscheinung etwas Schlaffes, Müdes zur Schau.

»Du wirst dich verstaunen, Christine«, sagte die Fränz und setzte den gefüllten Eimer auf das Pflaster.

»Ei, weißt du's dann nicht?«, fragte die Lene.

»Nix weiß ich«, versetzte Christine ahnungslos.

»Dein Schatz ist vorgest' hier durchgemacht.«

»Der Lumpsack!«, fügte die Fränz hinzu.

Der Christine glitt der Zuber aus der Hand.

»Wer hat ihn gesehn?«

»Ei, der Schneider Kleemann.«

»Und mein Hannes. Der hat ihn gesprochen. Er ist mit dem Neunuhrzug fort.«

Aus dem Gesicht Christines war jeder Blutstropfen gewichen. Mit zitternder Hand strich sie das Haar zurück und sagte unter der Wucht eines gewaltigen Schmerzes:

»Bei mir ist er nicht gewest.«

Die Fränz und die Lene fielen über den Treulosen her.

»Verramischieren müsst man den schlechten Kerl.«

»Der hat kein Herz und keine Ehr' im Leib.«

»Pfui! Wann man drei Jahr' mit einem Mädchen gegangen ist.«

»Und so 'n teuer Andenken dagelassen hat.«

»Ich sein sell alsfort an dir gewest, du sollst dich mit dem Musketier nicht einlassen.«

»Soldatenlieb' und Lindenblüh
blüht nur und zeitigt nie.«

»Mordsapperment! Ich an deiner Stell' tät etz an ihn gehn. Der muss doch blechen, Gott weiß, wie viel.«

»Man sollt's nicht glauben, aber du hängst alleweil noch an dem Schmaguckes.«

»Treusinnig bist du, das muss man dir lassen«, spöttelte die Fränz.

»Und dein Bubchen muttert sich«, sagte die Lene, »das hat auch schon so vernätterte Guckerchen.«

Der Christine stieg die Röte ins Gesicht, aus ihren Augen sprühten Funken.

»Halt' doch euer Mäuler! Was geht euch dann mein Bubchen an?«

»Nix«, tat die Lene beleidigt.

»Das sollst du alleins für dich behalten«, stichelte die Fränz.

Die Christine setzte mit einer kraftvollen Bewegung den gefüllten Zuber auf den Kopf und schritt ohne Abschiedsgruß über den Platz dem Haus des Bäckers zu.

Die Fränz rief ihr nach:

> »Herzallerliebstes Schätzche,
> Ach wart' doch noch ein Jahr,
> Wann auf der Weinreb' Kirsche wachse,
> Da frei' ich dich fürwahr.«

»Die ist noch hochnäsig obendrein«, rasaunerte die Lene.

»Und steifköpfig, sonst tät' sie ans Gericht gehn und den Mensch verklagen.«

Die Lene lachte auf.

»Da kennst du die schlecht. Ehnder die ein' Fuß ans Gericht setzt, verhungert sie lieber mitsamt ihrem Kind.«

Christine trat in das Bäckerhaus. In der Küche nahm sie den Zuber vom Kopf und ließ sich auf der Herdbank nieder. Das Herz schlug ihr zum Zerspringen, und die Tränen schossen ihr aus den Augen. Gab's denn auf der Gotteswelt noch einen Menschen, der so grundschlecht war wie der Jakob? Schwerlich. Drei Jahre hatte er sie abgeschmatzt, hatte wie verrückt mit ihr getan und das Blaue vom Himmel herunter versprochen. Sie war so blind, so vernarrt gewesen und hatte auf sein Wort gebaut. Jetzt saß sie da mit ihrem Kind und greinte sich die Augen aus. Ja, war's denn nicht auch sein leiblich Kind? Und scherte sich den Teufel drum. Einen Brief über den anderen hatte sie an ihn geschrieben, es war keine Zeile von ihm gekommen. Nun war er gar in seiner Heimat gewesen und hatte sich nicht nach ihr umgetan. So eine Schuftigkeit! Drunten in der großen Stadt hatte er sicher mit anderen Mädchen angebändelt. Das Scharwenzeln verstand er. War ihm die erste ungemächlich, führte er die zweite bei der Nase herum. Das Schlangenfreundliche machte die Weibsleute kirre. War's ihr selbst doch nicht besser ergangen.

Sie trocknete sich mit der umgekehrten Faust die Augen und starrte vor sich hin. Was lag an dem elendig schlechten Leben? Wenn sie's der Soldatenkarline nachtat und ins Wasser ging? Es krähte ja doch kein Hahn nach ihr. Aber das Kind? Wer sorgte für das arme Wurm? Der Rabenvater verleugnete es. Und bekam die Mandlern keine Markstücker mehr, behielt sie den Pflegling nicht im Haus. Wo traf man denn noch guttätige Menschen? In Nimmerstadt und Nirgendheim. Es war nichts mit den Sterbensgedanken. Aufrecht musste sie bleiben. Sie hing an dem Bub, gab jeden Nickel für ihn hin. Zwar war er seinem Vater wie aus dem Gesicht geschnitten. Aber konnte er dafür? Und wenn er lachte, sah er so wunderlieb aus. Da bobbelte einem das Herz im Leib.

Ein heller Schein flog über ihr Gesicht. Nur einen Augenblick. Gleich übermannte sie wieder die Traurigkeit. Ein Weg stand ihr noch offen – der Weg ans Gericht. Nein, dreimal nein, den ging sie nicht. Sollte sie vor den Leuten ihre Schande erzählen? Das war ihr doch zu schamerig. Und peinigen taten einen die studierten Herren mit ihrer Fragerei bis aufs Blut. Da ließ sich nichts vertuckeln.

»Christine Wallbott, wie heißt dein Vater?«

»Ei nichts für ungut, ich weiß es nicht.«

Jetzt steckten sie die Köpfe zusammen.

»Wie der Acker, so die Rüben!«

Nun trat auch noch der Jakob auf. Herr Jesus im Himmel! Ihr Herz stand still. Und sollte doch gegen ihn sprechen und klagen.

»Mit Verlaub, ihr Herren, das kann ich nicht. Der Jakob weiß schon, wie's zugegangen ist.«

Und der Jakob leugnete rundweg ab. Ja freilich, es war kein Mensch dabei gewesen. Sie brachte vor Schrecken kein Wort mehr heraus. Und zog mit Schimpf und Schande ab.

Akkurat so wär's gekommen. Sie atmete auf. Gott sei Dank, dass sie keins beschwätzt hatte, ans Gericht zu laufen. Armut macht mutarm, sprach das alte Fräulein aus der Mühlgasse, das als sonntags bei der Klemmrathen den Kaffee trank. Wer gab einer bettelarmen Dienstmagd recht, die nichts zu brechen und zu beißen hatte?

In Elend und Dürftigkeit war sie aufgewachsen. Die Mutter gab ihr kärgliche Kost und knuffte sie mit der geballten Faust. Die Prügelsuppe hätte sie verwunden, aber dass die Mutter kalt und warm aus einem Munde blies, das konnte sie nicht ertragen. Mit sechzehn Jahren kam sie auf den Heibertshäuser Hof, zuerst als Stallmagd, dann ins Haus. Des Bauern Ältester strich um sie herum, sie hatte den Frechen abzuwehren. Doch hielt sie's dritthalb Jahre aus. Dann trat sie beim Lehrer zu Velda in Dienst. Da hatte sie lauter gute Tage. Bei freundlichem Zuspruch schaffte man gern. Am Sonntag gab ihr der Lehrer Bücher. Da standen kuriose Sachen drin. Verstand man auch nicht viel davon, so hatte man doch was Gescheites in der Hand und dosselte nicht ungedanksen hin wie das Vieh. Bei dem Lehrer wär' sie ihr Lebtag geblieben. Der krag aber eine Stelle in Starkenburg, und mit dem guten Dienst war's vorbei. Nun vermietete sie sich in die Stadt, als Spülmagd in die »Goldene Gans«. Da machte sie mit dem Jakob Bekanntschaft. Der stand sell in der Leibkompanie und war soweit ein manierlicher Bursch. Zuerst kam er ans Küchenfenster und erzählte Späße vom Militär. Das konnt' man sich schon gefallen lassen. Dernacher sagt' er:

»Horch zu, Christine. Du stehst da in der barbarischen Hitz', du musst dich draußen verkühlen. Wir wollen ein bisschen spazieren gehn.«

Das war ihr recht. So gingen sie in der Abendzeit. Sie dachte sich weiter nichts dabei. Nur dass die Leute sprachen: »Das ist dein Schatz.« Jetzt war Königs Geburtstagfeier. Da wurde in der Kaserne mächtig getanzt. Er drangsalierte, sie sollte doch auch mitmachen. Sie schlug's ihm kurzweg ab. Um alles in der Welt hätte sie da nicht mitgehopst. Da ging's ja zu als wie in der Türkei. Da traute kein besser Mädchen sich hin. Nun hatte er auch die Lust verloren, blieb bei ihr in der Küche sitzen. Das Anhängliche tat ihr wohl, sie hatte noch nicht viel Liebe erfahren. Und sie schwätzten und schwätzten bis in die Nacht. Ihr war so eigen und so wohlig zumut, und sie meinte nun selber: Er ist dein Schatz. Sie hätte ihm sell gern was Gutes gekocht, er nahm aber keinen Bissen an. Er wollte partu nur bei ihr sein. Auf einmal hatte er sie auf dem Schoß und herzte sie, dass ihr der Atem verging.

Das hätt' sie selbigmal nie gedacht, dass man einem Menschen so gut sein könnt'. Dazumal sang sie:

»Mein Schatz ist kein Zucker,
Was bin ich so froh,
Sonst hätt' ich ihn gessen,
Jetzt hab ich ihn no!«

Hei, war das ein Gepisper und ein Gedutschel, der Abend hätt' dreimal so lang sein dürfen. Und was der Jakob für Anschläg' hatte. Erst wollt' er von den Studierten was profitieren, dass er

25

vornehme Häuser ausmalen könnt', dann wollt' er sich in Frankfurt niedersetzen mit seinem eigenen Geschäft. Und die Bestellungen regneten herein. Vor lauter Arbeit tat er verzwatzeln. Und Geld war da wie Heu. Seine Sprach' war, sie sollt' nur ihre Gedanken drauf richten, was sie später für ein schönes Leben hätten.

Wenn man jetzt darüber simelierte, wie schnell die Zeit vergangen war, man wurde, weiß Gott, ganz durmelig. Eh' man sich's versah, kam der Jakob von den Soldaten los und machte fort ins Rheinische. Sie hatte den ganzen Sommer geweint. Nicht bloß, weil sie voneinander gehen sollten. Sie musste ohnehin ihren Dienst verlassen. Es war hohe Zeit, dass sie bei der Mutter Unterkunft suchte. Die ließ sie aber schön anlaufen, schwur Stein und Bein, sie leide so kein verliederlicht Weibsstück im Haus. Und das war grausam schlecht von ihr, wo sie's doch selber durchgemacht hatte, in so einem Stand allein zu sein. Der Hartherzigen gab sie keine guten Worte, ging stracks wieder in die Stadt zurück und kam mit der Mandlern überein, dass sie bei der ein ruhiges Plätzchen fand. Martini war das Bubchen da, ein schnegelfetter hübscher Kerl. Jetzt war das Kostgeld aufzubringen, und sie verdingte sich als Amme beim Hauptmann von Effenberg. Da schenkte sie einem armseligen Kindchen die Milch. Die gnädige Frau kränkelte so hin. Der Hauptmann war ein halber Sparrekaspar! Der dätschelte sie und sagte, sie sollt' ihm zu Willen sein, der Maßmann, sein Bursch, der tät' für alles aufkommen. Sie ließ sich aber nichts gefallen. Über'n Jahr krag das Hauptmannskindchen die Krämpfe und starb. Gerad' suchte die Klemmrathen eine Magd, da nahm sie von der den Mietpfennig an. Bei den Bäckersleuten gefiel's ihr ganz gut, sie hatte für sich und ihr Bubchen genug. Manchmal vergaß sie den nagenden Kummer, denn man konnte nicht immer den Kopf hängen lassen, die Menschen wollten kein Motzgesicht. – Wie der Blitz hatte sie die Nachricht getroffen, dass der Jakob vorgestern durchpassiert war. Insgeheim hatte sie doch noch auf ihn gehofft. Jetzt wusste sie's, er war ewig hin.

Draußen hörte man jemand über die Steinfliesen schlurfen. Das konnte wohl die Klemmrathen sein. Christine stand auf und stellte ihre Töpfe zurecht. Die Tür ging auf und die Schnappersgritt trat herein.

Christine schlug die Hände über dem Kopf zusammen.

»Herr Jesses, die Wäs!«

»Ja, gelte, du guckst.«

»Nu sag' ich nix mehr. Wo kommst du dann her?«

»Ei, diesen Morgen von Eschenrod.«

»Wie geht dir's dann, Wäs?«

»Wie soll's gehn! Wann man alt ist, hat man alsfort zu krecksen.«

»No, Wäs, du trinkst doch ein Schälchen Kaffee?«

»Jawohl, ich sein dir halbverfroren.«

Christine bediente flink die Tante. Die Alte schlappte begierig den wärmenden Trank und tunkte drei mürbe Weck darin ein. Währenddessen sprach sie bei Leib und Leben kein Wort. Erst als sie Hunger und Durst gestillt, stand sie ihrem Schwesterkind wieder Rede.

»Was gibt's dann Neues in Eschenrod!«

»Nix dass ich wüsst'.«

»'s ist eine Ewigkeit, dass ich keins aus euerm Ort gesehn hab.«

»Wir liegen halt abseit.«

»Ja, ja.«

Die Alte wischte sich die Nase mit der Schürze.

»Was ich sagen wollt!? Es sterben etz viel Leut' bei uns.«

»Akrat wie in der Stadt. Das macht die Infallenza.«

»Die vorige Woch hat der Knochenmann unserm Flurschütz seine Frau geholt. Und war erst sechsundvierzig.«

»So, so, dem Flurschütz seine Frau«, sagte Christine scheinbar gleichgültig.

»Und dessentwegen wollt’ ich einmal mit dir schwätzen«, packte die Gritt nun aus.

Christinens Augen hefteten sich starr auf die Alte.

»Dessentwegen willst du mit mir schwätzen?«

»Ja freilich. Als Witmann ist der Flurschütz übel dran. Sein Bub ist auf der Wanderschaft und stößt sich die Hörner ab. No will er seine Sach’ in Ordnung haben. Die Äcker hat er zwar verlehnt. Derweil gibt’s im Haus und im Garten noch genug zu schanzen. Von Vieh stellt er nix ein, höchstens ein paar Ferkel. Den Tag über geht er in die Gemarkung. Etz sucht er eins, wo Verlass drauf ist. Und wie ich mit ihm dadrüber red’, fährt mir’s durch den Kopf, das wär’ justement ein Platz für dich.«

»Und hast ihm das vorgestellt?«, fragte Christine mit vor Erregung heiserer Stimme.

»Das versteht sich«, schmunzelte die Alte. »He hat erst gemeint, wann eins in der Stadt ist, geht’s nicht mehr aufs Land. Das kommt drauf an, hab ich gesagt, für Geld und gute Wort’ kann man alles haben. No, spricht er, hundertfufzig Mark und ein Christkindchen tät’ er ausgeben. Etz überleg dir’s, Christine. Kriegst du den Dienst in Eschenrod, sitzt du wie die Katz’ auf dem Speck. Der Flurschütz ist noch in guten Jahren und gilt im Ort als vermöglicher Mann. Ja, du bist doch auch nicht von Dummbach.«

Christine bastelte an ihren Schürzenbändern herum und sagte die Augen niederschlagend:

»Du hast keine Gedanken dadrauf gehabt, Wäs, ich gehör’ doch bei mein Kind.«

Die Schnappersgritt erhob sich behebt.

»Christine, du musst wissen, was du tust. Ich mein’, du machst nach Eschenrod und das Kind bleibt wo’s ist. Und wann du sonntags als nach dem Schnuckeschen guckst, legt dir der Flurschütz nix in den Weg.«

Die Alte humpelte hinaus, in der Stadt ihre Geschäfte zu besorgen, versprach aber gegen Mittag wiederzukommen. Christine lief mit hochrotem Gesicht in ihre Kammer, aus der Kammer in die Küche und hatte schier den Kopf verloren.

Draußen läuteten die Glocken den Gottesdienst ein. Unwillkürlich holte sie ihr Gesangbuch herbei. Darin stak das Buchzeichen, das ihr der Lehrer zu Velda geschenkt hatte.

»Ich lag in schweren Banden,
Du kommst und machst mich los,
Ich stund in Spott und Schanden,
Du kommst und machst mich groß.«

Seitdem sie der Jakob im Stich gelassen, hatte sie einen wahren Zorn auf den Herrgott gehabt, weil er ihr das angetan. Offenbar sah er die Sache jetzt mit anderen Augen an, denn er hatte ihr in ihrer Herzensangst die Schnappersgritt geschickt. Das war gar tröstlich. Da wurd' es einem leicht, wieder fromm zu werden. Und dankerfüllt faltete sie die Hände um ihr Gesangbuch und sprach wie betend vor sich hin:

»Lieber Vater im Himmel, ich sein dir ganz verzwerbelt gewest, dieweil du dich gar nicht mehr um mich gekümmert hast. Du musst, scheint's, gedacht haben: Was die Christine sich eingebrockt hat, soll sie auch ausessen. Mein! Ich sein zu dem Kind gekommen und weiß nicht wie. Sonst hast du mir doch gar nix vorwerfen können. Und ich hab als gelurt und gelurt, du sollt'st einmal dreinschlagen und dem Jakob den Kopf zurechtsetzen. An was soll man dann glauben, wann einer einem armen Mädchen so mitspielen darf und dernacher nix mehr von sich hören lässt? Ja und dessentwegen sein ich in keine Kirch' mehr gegangen. Etz seh'n ich aber doch, dass der Lehrer zu Velda recht behält. Der hat als gesagt: ›Gott grüßt manchen, der ihm nicht dankt.‹ Das hätt' ich mir nicht träumen lassen, dass ich noch einmal als Magd zum Jakob seinem Vater kommen tät'. Lieber Gott, das hast du so eingericht'. No, ich werd' dir keine Schand' machen. Und arbeiten will ich, wann's sein muss, für zwei. Etz möcht' ich nur für mein Leben gern wissen, wie du dir das alles ausgeklugt hast, wo der Flurschütz doch kein Arg von nix hat und ich nicht als Heimducksern dasteh'n will. Stät, stät, sprichst du, wer fällt dann gleich mit der Tür ins Haus? Ich denk' akrat, wie du, lieber Gott. Ich mein' so: Ich tu'n ebenst meine Arbeit und sein murrestill. Der Jakob strunzt nicht ewig herum. Auf einmal kommt er wieder heim und macht Augen so groß wie zwei Teller. Etz hol' ich flink das Bubchen herbei. Und wie das ›Babbe, Babbe!‹ ruft, da geht's dem Schlechtkopp doch an die Nieren. No hört sein Vater, wie's zugangen ist. Ja, so verschmäh kann he nicht sein, dass er gegen dein' heiligen Willen ist. Wann er auch erst ein wink unschier tut, dernacher gibt er sein' Segen und richt' die Hochzit. Gelle, lieber Gott, so hast du's vor? Etz merk' ich erst, wie gut du bist. Alleweil bringt mich auch nix von der Kirch' mehr ab, und die ander' Woch' nehm ich das Abendmahl. Amen!«

4.

An der Einfahrt zur »Krone« in Eschenrod lungerte der Bettelkaspar mit knurrendem Magen und spionierte, ob er jemand abfangen könne, der einen Bissen Wurst und ein paar Glas Bier für ihn bezahle. Just kam der Hausmetzger Kreiling die Straße herauf. Der hatte den Messergurt umgeschnallt, trug das Schlachtzeug auf dem Arm, und seine blutbespritzte Schürze ließ darauf schließen, dass er eben sein Handwerk ausgeübt hatte.

Der Bettelkaspar ging an ihn heran.

»Heinrich, Christenmensch, willst du für einen armen Hungerleider was tun?«

Der Metzger, der ein Pfennigfuchser war, sagte ohne sich auf die Anzapfung einzulassen:

»Ich hab beim Flurschütz geschlacht', sput' dich, da gibt's Metzelsupp'.«

Der Bettelkaspar schnoberte mit aufgeblälnen Nasenflügeln in der Luft herum, als suche er die Witterung, dann lief er mit einem »Juch!« wie besessen davon. Zwei Minuten später stand er atemlos in des Flurschützen Stube, wo die Gefreundschaft schon beisammen war: der Ortsdiener und der Sägmüller mit ihren Frauen, der Vetter Röckel und der Katzenhannes.

Der Flurschütz hieß seine Gäste sich niedersetzen. Alsbald stellte Christine, die neue Magd, die Suppenschüssel auf den Tisch. Die war im Handumdrehen geleert und wurde nicht weniger als dreimal gefüllt. Was eine richtige Metzelsuppe ist, die gibt dem Menschen Saft und Kraft, da muss man sich etwas zugute tun. Für die unergründliche Tiefe dieser ausgepichten Bauernmägen bedeuteten drei Teller voll nicht viel. Das bewies die unverminderte Esslust, die sich beim zweiten Gang bemerkbar machte. Da gab es Wellfleisch mit Sauerkraut, zu guter Letzt noch frische Wurst. Ein Fässchen Lagerbier lag zum Anstich bereit, zuvor machte ein Glas Branntwein Quartier. Nun kam erst die Unterhaltung in Fluss.

Der Ortsdiener meinte, man müsse beklagen, dass die Schweinezucht zu Eschenrod so herunter gekommen sei. Da zähle man knapp zwei Dutzend Züchter, man verlasse sich auf die Schweinemärkte und – was noch schlimmer sei – auf die Schweinetreiber. Ihm sei eine Liste durch die Hand gegangen, in den fünfziger Jahren niedergeschrieben. Dazumal habe Eschenrod hundertzehn Häuser mit siebenhundert Insassen gehabt. Und doch habe man an die achtzig Zuchtsauen gehalten, die im Jahr ihre achthundert Ferkel warfen. Jetzt machten die Eschenroder sich wichtig, dass sie's auf zweitausend Seelen gebracht, aber dreihundert Ferkel im Jahr bei dreimal größerer Einwohnerschaft seien gewiss schon hoch gegriffen. Der Rückgang rühre einzig daher, dass den Bauer die Gewinnsucht plage, dass die Schweinezucht nicht so profitlich sei.

»Ich kann so ein Trawatschen gar nicht hören«, sagte der Balthasar Röckel ärgerlich. »Dadrüber schwätzst du nix, dass das letzte Jahr hier fufzig Säu an der Rotsucht gefallen sind. Als wann einem da nicht die Lust zur Selbstzucht verging'.«

»Ei guck doch nur einmal in dein' nassmistigen Stall«, rückte der Ortsdiener dem Balthasar auf den Leib, »du gönnst ja deinen Säu' nicht das bisschen Stroh. Kein Wunder, wann sie da krepieren.«

»Du bist mir zu schlecht, dass ich mit dir disputier'.«

»Habt' Ruh', ihr Leut', habt' Ruh'«, besänftigte der Flurschütz die Aufgeregten.

»Ich sein auch gegen die großpratschige Schweinezucht«, rief der Katzenhannes. »Dadurch zieht sich nur das Ungeziefer ins Ort.«

»Musst du auch deinen Senf dazu geben?«, sagte der Sägmüller von oben herab.

»Du Holzkopp, hast keine Ahnung von den Sachen«, fertigte ihn der Katzenhannes ab, »das Ungeziefer verschleppt die Pest. Alleweil ist sie schon im Portugiesischen.«

Das hatte der Flurschütz auch gelesen. So eine Seuche fliege schnell wie der Wind. Eh' man sich umgucke, sei sie im Land.

Die Weibsleut spürten ein Frösteln im Rücken und riefen erschrocken:

»Gott sei bei uns!«

»Dernacher geht's euch an den Kragen«, ängstigte sie der Bettelkaspar. »Und weil wir grad' von der Pest etz schwätzen, will ich euch einmal eine Geschicht' verzählen.«

Wenn der Kaspar etwas zum Besten gab, da wusste man nie, war's Jux oder Ernst; doch ließ man ihm willig allzeit das Wort. Nun hob er an:

»Vor ein paar hundert Jahr ist die Pest hier im Ort gewest. Da war ein großes Sterben unter den Leuten. No kam einmal am Nachmittag ein alter Bettelmann in ein Haus und fordert' sich ein Stückelchen Brot. In dem Haus war eine alte Frau. Die saß vorn auf dem Bett und heult'. ›Was kreischt Ihr dann so?‹, frägt der Bettelmann. ›Ach‹, sagt' die Frau, ›mein Mann ist mir an der Pest gestorben, dort neben liegt er auf dem Stroh. Und meine zwei Buben sein in den Wald gelaufen, dann über den Hollerbach kann die Pest nicht kommen. Guckt her, so schwarz wie Kienruß ist mein Mann. Etz sein ich mutterallein. Bleibt da und helft mir mein' Mann begraben.‹ – ›Das will ich tun‹, sagt' der Bettelmann, ›aber ich sein hungrig, habt Ihr dann nix für mich zu essen?‹ – ›Ja‹, sagt' die Frau, ›auf dem Ofen stehen Speckkartoffel. Schneid' Euch auch ein Stück Brot dazu.‹ Der Bettelmann aß tüchtig und wie er so acheln tat, da kam durchs Fenster ein Ding geflogen so groß wie eine Maus und fuhr in ein Bohrloch in der Wand. Auf einmal sprang der alte Mann auf und nahm einen hölzernen Nagel und schlug den in das Loch und sagt: ›Gott sei Lob und Dank, dass ich dich hab. Das war die Pest. Etz hab ich sie aber geherigd vernagelt. Ihr könnt Eure Buben wieder rufen, Frau.‹ Und die Frau ging nebig das Haus und tat auf dem Finger pfeifen. Da kamen die Buben, und die Mamme verzählt ihnen, wie's der Bettelmann mit der Pest gemacht hat. Etz waren die zwei Buben froh. Und der Bettelmann musst' über Nacht dableiben und hat sich sell aufs Heu gelegt. Von der Stund' an hat man in Eschenrod nix mehr von der Pest gehört.«

»Wo hast du die Stusserei dann her?«, lachte der Flurschütz.

»Von meinem Ellervater«, versetzte der Bettelkasper mit ernsthaftem Gesicht, »und dem hat's wieder seine Ellermutter verzählt.« –

Auf die Ortsdienerin und die Sägmüllerin hatte die Erzählung Eindruck gemacht. Da man der alten Pestilenz, vermeinten sie, in Eschenrod so übel mitgespielt habe, werde die neue klüglich das Dorf überhüpfen.

»Das steht dahin«, sagte der Bettelkasper mit der Miene eines Unglückspropheten. »In jedem Fall habe ich einen hölzernen Nagel parat. Der ist in der Neujahrsnacht im Hollerbach geschwenkt. Etz lasst das schwarze Ding nur kommen, ich schlag's euch durch und durch in die Wand. Das heißt, das ist so kein leicht Geknoster. Da braucht's eine mordsmäßige Kräftigkeit. No sein ich auf schmale Kost gesetzt. Ja, wann ihr euch salvieren wollt, dann futtert mich geherigd heraus.«

Die Männer lachten aus vollem Halse und tranken dem Bettelkasper zu. Der tischte noch mancherlei Schnurren auf und hielt die fröhliche Stimmung wach. Auf die geschäftig hin- und hertrippelnde Christine deutend sang er:

»Etz wird geschlacht' und Spitakel gemacht,
Das Mädche hier wird gar net betracht' –
Schwarzbraun das Mädchen, schwarzbraun das Bier,
Komm, Christine, und trink mit mir.«

Er hielt ihr das volle Glas hin, und sie tat ihm ohne Geziere Bescheid.

Der Bauer teilt mit seinen Dienstboten nicht nur die Arbeit, er isst auch mit ihnen an einem Tisch. So verstand sich von selbst, dass der Flurschütz seine Dienstmagd aufforderte, mitzuhalten. Doch lehnte diese bescheidentlich ab. In der Küche sei noch ein

Haufen Arbeit, und wenn sie schaffe wie ein Feind, so habe sie bis in die Nacht zu tun.

Bei sinkendem Tag entfernten sich die Schlachtfestgäste. Der Flurschütz rief in die Küche:

»Christine, morgen ist auch noch ein Tag. Mach Licht in der Stub'. Ich will was lesen.«

Da legte sie ihre Arbeit beiseit und steckte das Erdöllämpchen an. Der Flurschütz zog das Kreisblatt hervor, das er jeden Abend eifrig studierte. Sie holte ihr Strickzeug aus der Kammer und ließ sich auf der Ofenbank nieder. Nun war's in der Stube mausestill, dass man nur das Klappern der Nadeln hörte. Die flogen hurtig hin und her, doch schneller flogen die Gedanken.

Du liebe Zeit! Sechs Wochen schon, dass sie im Dienst beim Flurschütz war. In tausend Ängsten war sie gekommen. Ja, wie, wenn der Mann ein Grobian war, dem man partu nichts recht machen konnte? So Menschen gab's doch genug in der Welt. Er führte sie im Haus herum und wies ihr die Arbeit und war nicht ein bisschen herrisch. »Etz tu' dir im Anfang nicht zu viel«, war seine Sprach', »wann das Rad geschmiert ist, läuft's von selbst.« Dafür hatte sie freilich kein Ohr und rackerte sich unbändig ab. 's war auch ein schöner Dreck im Haus. Die Schnappersgritt konnt' sich nicht bücken, und es war in den Ecken liegen geblieben. Jetzt dauert's acht Tag', und alles war sauber. Da lag kein Fisselchen mehr herum. Der Flurschütz sah's und hatt' sein Pläsier daran. Was eine ordentliche Mannsperson war, die fühlte sich doch im Dreck nicht wohl. No ging er auch mehr aus sich heraus und tat so allerlei verzählen, was im Dorf passiert war und drauß' im Feld. Das merkte sie bald, er hatte in allem seinen eignen Kopf, und wenn man ihn so sprechen hörte, da konnt' man denken, er hätt' die Gescheitheit mit Löffeln gegessen. Hinterher durft' sie sich bei dem Lehrer zu Velda bedanken. Bei dem hatte sie ihr Teil profitiert, konnte mitreden und brauchte ihren Dienstherrn nicht anzugaffen wie die Kuh das neue Scheuertor. Darüber musst' sie sich bass verstaunen, dass er so selten von seinem Jakob sprach. Ja freilich, wenn man die zwei gegeneinander hielt, die waren bei stockfinsterer Nacht unterschiedlich. Die Kernhaftigkeit sah dem Flurschütz aus dem Gesicht, und sein Wort und sein Werk waren gewisslich eins. Hätte der Jakob nur ein Quentchen von seinem Vater gehabt, so saß sie jetzt nicht wie auf glühenden Kohlen und hatte als Schwiegertochter Einsitz und Recht.

Der Flurschütz sah von seiner Zeitung auf.

»Christine, mir war's als hätt' eins an die Haustür geklopft. Guck doch einmal nach.«

Christine ging hinaus, und ein paar Minuten verstrichen, bis sie wiederkam.

»No?«, fragte der Flurschütz.

»Der Briefträger war's«, sprach sie stockend und gab ihm mit zitternder Hand einen Brief.

Der Flurschütz schüttelte den Kopf.

»So spät?«

Er las die Aufschrift. Darüber stand »durch Eilboten zu bestellen«. Es war Jakobs Hand. Er schnitt mit dem Taschenmesser den Umschlag auf und faltete den doppelt zusammengelegten Briefbogen auseinander. Jakob schrieb:

»Lieber Vater!

Dadurch, dass der Herr Professor Wahrmund vor acht Tagen gestorben ist und der Herr Assistent Fliegenschmidt einstweilen die Fachklasse für Dekorationsmalerei über sich hat, müssen wir jetzt auch Reisen machen, den Rhein hinauf und herunter, sogar bis ins Holländische, damit wir etwas von der Welt zu sehen kriegen, was für uns sehr notwendig ist, wenn wir etwas leisten sollen. Das kostet aber extra viel Geld. Dann haben wir uns manches neu anschaffen müssen. Mein Stiefelwerk war auch nicht in der Reihe, und ich habe einen Hut und einen Anzug gekauft. Nebenher habe ich an einen Kamerad aus dem Brandenburgischen Geld verliehen und nicht wiedergekriegt. Jetzt sitz ich wie auf Nadeln, denn ich muss doch bezahlen, was ich schuldig bin und habe nichts mehr. Sei so gut und schick mir dasmal dreihundert Mark, dass ich nicht fortwährend zu schreiben brauche, und wenn du es möglich machen kannst, doch gleich, weil ich ganz abgebrannt bin und deshalb fünfunddreißig Pfennig auf den Brief geklebt habe, dass er mit der Eilpost fortkommt. Sei auch vielmals gegrüßt von

Deinem Sohn Jakob Schwalb.«

Indes der Flurschütz las und dabei nach seiner Gewohnheit die Lippen leise bewegte, beobachtete ihn Christine, ihren Platz wieder einnehmend, mit gespannter Aufmerksamkeit.

Seine Miene verfinsterte sich, und seine Stirnadern schwollen. Nun schlug er mit der geballten Faust auf den Tisch.

»Himmelsakerment!«

Christine sprang erschrocken auf.

»Wann hast du das Geld letzt fortgebracht?«, wandte er sich gegen sie.

»Gest' vor acht Tag'«, erinnerte sie sich.

»Gelt?«, nickte er und fügte grimmig hinzu: »So'n Fittch!«

»Was habt Ihr dann?«, wagte sie sich schüchtern heraus.

»Ein' nixnutzigen Bub!«, beschied er sie barsch, dass ihr der Mut zu fernerem Fragen verflog.

Er zog die Tischschublade aus und langte Schreibzeug und Papier hervor. Darauf schrieb er an seinen Sohn:

»Lieber Jakob!

Weil du es mit Deinen fünfunddreißig Pfennig Porto so eilig machst, sollst Du gleich Antwort haben, aber zehn Pfennig tun es auch. Am ersten Februar hast Du Deine achtzig Mark gekriegt und acht Tag drauf fufzig nachverlangt, weil Du durch ein Loch in Deiner Hosentasche Dein Geldbeutel verloren hattst und es keinen ehrlichen Finder in Düsseldorf gibt. Sell hab ich gedacht, der Jakob lügt das Blau vom Himmel herunter und hab die fufzig Mark hergegeben. Was tut man nicht alles, wenn man so hampelmännisch ist! Jetzt hat aber die Geduld ein End. Hältst Du Deinen Vater für so einen dummen Esel, dass er Dir den Schwindel glaubt? Lug und Trug! Dreihundert Mark willst Du mir ablugsen? Bin ich ein reicher Mann? Wo soll ich das Geld dann hernehmen? Ja freilich krieg ich morgen meinen Pachtzins herein, aber ich muss doch auch was für meine Lebsucht übrig behalten, wo mir's als Flurschütz so wenig trägt und ich außer dem Garten nichts ziehen kann. Jetzt wollen wir doch einmal rechnen. Bis Johanni, wo Du fertig bist, macht es vierhundertundachtzig Mark, was Du zu kriegen hast. Zweihundertundsechzig Mark hast Du vorweg, bleiben noch zweihundertundzwanzig Mark. Mehr brennst Du mir nicht auf, so wahr ich lebe. Für was hast Du das Geld wieder verlaweriert? Ich sage aber gar nichts mehr, denn es ist doch alles bei Dir in den Wind geschlagen. Dein Mutterteil hast Du lang verkonsomiert. Wo ich selbst nicht viel in die Milch zu brocken habe, sollst Du mich nicht an den Bettelstab bringen. Ich denke so: Du steckst jetzt wieder in einer großen Dreckerei, sonst hättst Du die fünfunddreißig Pfennig nicht draufgeklebt. Dessentwegen will ich mich morgen umtun, dass ich die Zweihundertundzwanzig Mark auftreib, die Dir bis Johanni zukommen. Damit basta! Hernach kannst Du ein Ohmfass Tinte verschreiben, einen Hundsfott soll man mich heißen, wann ich Dir noch einen Pfennig schick. Ein Lumpes wie Du kommt nicht zu Verstand, als bis er sein Brot verdienen muss und dazu hast Du weiß Gott die Älte. Alleweil bin ich fertig. Es grüßt

Dein Vater Daniel Schwalb.« –

Er überlas noch einmal, was er niedergeschrieben hatte und schloss den Brief.

»Du kannst dich legen«, sagte er zur Christine, die mit vergeistertem Gesicht auf der Ofenbank kauerte, »ich hab noch was beim Röckel zu tun und komm' vor zehn Uhr schwerlich heim.«

Sie bot ihm Gute Nacht und ging in ihre Kammer hinauf. Da sie sich entkleidete, hörte sie ihn mit schweren Schritten das Haus verlassen.

»Nichtsnutziger Bub!« Das gellte ihr immer noch in den Ohren. Was hatte den Mann so in die Rage gebracht? Ja, wenn man nicht vernagelt war, konnt' man sich's wohl zusammenreimen. Da war ein Eilbrief vom Jakob gekommen. Die Handschrift hatte sie gleich erkannt, hatte ein Zittern am ganzen Leib verspürt. Dass Gott erbarm! Der Jakob war und blieb doch ein Lüderjan. Der hatte gewiss wieder etwas pexiert, saß in der Klemme und schrieb um Geld. Nun gar dem Flurschütz sein wütig Gesicht. Herjesses! Wenn der erst dahinter kam, wie sein Jakob bei ihr auf dem Kerbholz stand, spie er Feuer und Flamme vor Zuck und Zorn. Auf einmal fiel ihr das Herz in die Schuhe. Wie hatte der Lehrer zu Velda gesprochen? Wer von der Hoffnung leben will, der tanzt einen Schleifer ohne Musik. Du lieber Himmel, wie sollte das werden!

5.

Der bankrotte Kolonialwarenhändler Damian Scheuer hatte in der Hubertusstraße zu Düsseldorf eine Wirtschaft eröffnet, die von Kleinbürgern, hauptsächlich aber von Schülern der Kunstgewerbeschule besucht wurde. Ein guter Freund hatte dem Falliten unter die Arme gegriffen, so dass er in wohleingerichtetem Lokale ein gutes Bier und eine reichhaltige Speisekarte bot. Unter den Gästen raunte es einer dem andern zu, dass Scheuer mit doppelter Kreide schrieb, doch sah man duldsam darüber hinweg, weil der Mann ein lustiger Vogel und im Borgen nicht bedenklich war, vor allem, weil seine bildhübsche Tochter die Aufwartung hatte. »'s Nettche« war eine kokette Blondine, die das Liebäugeln aus dem FF verstand. Heut rühmte sich der ihrer Gunst, morgen jener. Kam ihr begehrlich jemand zu nahe, wich sie aalglatt aus. So nahm sie den Gästen die Zehrung ab und führte alle am Narrenseil.

Einer ihrer glühendsten Verehrer war der Kunstgewerbeschüler Jakob Schwalb. Als Hofmacher den gewandteren Kameraden gegenüber seine Plumpheit herausfühlend, suchte er dergestalt auf das Mädchen Eindruck zu machen, dass er sich als Sohn eines begüterten hessischen Ökonomen aufspielte und Taler um Taler springen ließ. Dafür erhaschte er manch feurigen Blick. Und Tag für Tag in der Kneipe verkehrend, passte er die Gelegenheit ab, mit dem Nettchen ein Stündchen allein zu verplaudern.

Er war jetzt in die Fachklasse für Dekorationsmaler aufgerückt, malte nach plastischen Vorbildern, entwarf auch schon selbstständig Wand- und Deckengemälde. Dass der Professor Wahrmund sich fortgemacht, hatte ihn besonders hart getroffen, denn der hielt große Stücke auf ihn. Mit dem Assistenten, dem Herrn Fliegenschmidt, war nicht viel los. Das war ein eingebildeter Mensch, sah gar in der Klasse auf militärische Zucht. Das ließ man sich wohl beim Kommiss gefallen, in der Kunstgewerbeschule pfiff man darauf. Und weil der Assistent ihn immerfort ketzerte, hatte er sich's in den Kopf gesetzt, dem Menschen Widerpart zu halten. Er schwänzte einfach den Unterricht. Nun kam die Sache vor den Direktor. Der fuhr mit groberem Geschütz an und sagte: »Sie müssen sich aber nicht einbilden, dass hier eine Extrawurst für Sie gebraten wird. Sie sind ihrem Klassenlehrer Gehorsam schuldig. Versäumen Sie weiter den Unterricht, so mach ich kurzen Prozess mit Ihnen und weise Sie aus der Anstalt aus.« Das war klar und deutlich gesprochen. Er, der Jakob, ließ fünf gerade sein und ging zu dem Fliegenschmidt zurück. Doch hatte er sich vorgenommen, wenn der Krippenbisser ihn wieder hudelte, sollten ihn keine zehn Pferde mehr in die Fachklasse bringen. Was der Schafskopf zeichnete und kleckste, hatte er wahrhaftig und Gott schon vergessen. War er Johanni des Unterrichts ledig, konnte es ihm daheim nicht fehlen. Zwar blieb er in Eschenrod nicht hängen. Unter das Bauernvolk passte er nicht mehr. In Frankfurt wollte er sesshaft werden. Das war eine wunderschöne Stadt, und Geld war da, o je, wie Heu. Da lebte man wie im Schlaraffenland.

Er hatte große Rosinen im Sack und baute Luftschlösser, ein wahrer Staat! 's Nettchen hörte aufmerksam zu. Der Protz, das wusste sie, war in sie verschossen. Sie dachte nun, wie man ihn ausbeuteln könne, um ihm hinterdrein eine Nase zu drehen. Der Gimpel ging ihr schnell auf den Leim. Sie vertraute ihm, wie elend sie sei. Sie müsse den Leuten freundlich tun und bis in die Nacht die Kellnerin spielen. Sie habe bessere Tage gesehen. Jetzt halte der Vater sie furchtbar knapp und gönne ihr kaum das bisschen Putz. Ja, wenn man so glücklich sei wie der Herr Schwalb und auf des Vaters Geldsack poche!

Seufzend ließ sie sich neben ihm nieder und duldete, dass er den Arm um sie schlang. Ihm rieselte es glühendheiß durch die Adern.

»Herzig Mädchen«, wisperte er »ich tu' alles für dich.«

Er zog sie näher an sich heran. »Schätzi, Sonntag geh'n wir zusammen aus.«

Sie willigte ein. Er war ganz toll. Das schöne Mädchen, um das sie alle herumschwänzelten, war sein Schatz. Gleich kaufte er ihr eine Korallenbrosche, ein paar Tage später ein Ohrgehänge. Kaum, dass er den Sonntag erwarten konnte. Sie wollten sich in der Kommunikationsstraße treffen. Er wartete und wartete, sie blieb aus. Der Vater hatte sie festgehalten. Sie vertröstete ihn auf nächsten Sonntag. Da kam denn wieder etwas dazwischen. Sie lockte ihm allerlei Geschenke heraus und hielt ihn Woche für Woche hin. Unterdessen lief er in seiner Liebesglut wie behext herum, versäumte Arbeit und Unterricht und ließ sich mit feilen Dirnen ein.

Aschermittwoch war's, um die Frühstückszeit, dass Jakob mit katzenjämmerlichem Gesicht in die Wirtschaft zu seinem »Schätzi« kam. Vorn im Lokal saßen ein paar Professionisten, knapperten ihren Limburger und tranken Bier dazu. Ein fein gekleideter Herr, den glänzenden Zylinder im Nacken, hatte sich über den Schenktisch gebeugt und wisperte dem dahinter sitzenden Nettchen ins Ohr. Das war offenbar so interessant, dass sie den eintretenden Jakob gar nicht bemerkte.

Dieser wandte sich unruhig an die Handwerksleute.

»Wer ist dann der Herr dahinten?«

»Dat is der Nettche seiner, de Potthoff«, flüsterten sie ihm zu. »Sie wissen et doch, der dem Scheuer jeholfe hat wie er im Dreck saß.«

Von einer großen Wut erfasst, schlug Jakob mit seinem Rohrstock auf den Tisch und schrie:

»Ein Glas Bier!«

Das Pärchen am Schenktisch fuhr auseinander. Herr Potthoff drückte den goldenen Kneifer auf den Nasensattel und sagte, den Ankömmling musternd:

»De Lümmel hat noch de Fasselabend im Kopp!«

Jakob ging herausfordernd auf ihn zu.

»Wen meinen Sie dann mit dem Lümmel!«

»Wer frägt«, fuhr ihn der Geschniegelte an. »Sie haben sich hier anständig zu benemme.«

Jakob trat das Blut ins Gesicht.

»Seit wann haben Sie mich Anstand zu lernen?«

Der Herr wies nach der Tür.

»Enus mit Sie! Sie sind ja besoffe.«

»Was sagen Sie, Sie Affegunkes!«

Jakob packte den Nebenbuhler am Rock. Dieser entschlüpfte ihm und flüchtete hinter den Schenktisch.

Jetzt legte sich das Nettchen ins Mittel.

»Herr Schwalb, ich verbitten mer hier die rohe Späss'.«

Jakob schwang sich mit einem Satz auf den Tisch.

»Halt du doch dein Maul, du falsche Krott. Dem Lapps da tränk ich den Lümmel ein.«

Klatsch! – traf den Stutzer ein Schlag ins Gesicht, dass ihm das Blut gleich aus der Nase schoss.

Der Getroffene schrie Zeter und Mordio. Da eilten die Haudwerksleute herbei, rissen den Jakob vom Schenktisch herunter und traktierten ihn mit den Fäusten.

»Waart, Luskirl, de kommst ins Kachöttke. Enus, enus.«

Er flog in Wahrheit zur Tür hinaus und schlug der Länge nach auf den Bürgersteig. Passanten halfen ihm auf die Beine. Zuerst war er willens, in die Kneipe zurückzukehren, dann besann er sich eines andern und rannte fort.

Als er zehn Minuten danach sein Quartier in der Kasernenstraße erreichte, fand er zwei Briefe vor; der eine kam vom Direktor der Kunstgewerbeschule, der ihn wegen fortgesetzter Versäumnis des Unterrichts aus der Anstalt wies, der andere war von seinem Vater, der Geld zu schicken versprach, aber jede fernere Unterstützung verweigerte.

Jakob warf sich auf sein Bett. Noch kochte die Wut in ihm über die eben erlittene Schmach. All die Zeit her hatte das Nettchen seinen Uz mit ihm getrieben, hatte ihm die Markstücke abgelugst. Dass er so ein Dummerjan gewesen war! Dazu noch der Schimpf, sich von ihrem Buhlen anranzen zu lassen. Zwar hatte er dem Zieraff eine ins Gesicht geflatscht, aber was machte sich die

Scherbel daraus. Die lachte sich ins Fäustchen, wie er den Handwerkern in die Kluppen fiel und seine Prügel krag. Er zerknüllte die Bettdecke. Die Hinterlistige hätte er abmurksen können. So übel hatte ihm noch keine mitgespielt. Alles Unglück kam zusammen. Der Direktor schloss ihn vom Unterricht aus, der Vater zog die Hand von ihm ab. Was jetzt? Er wälzte sich beunruhigt hin und her. Ja, wenn die Mutter noch lebte. Da hätte er eine Fürsprecherin gehabt. Daheim am letzten Michelstag war's, dass sie ihn aufs Gewissen fragte: »Jakob, was bist du deinen Hausleut schuldig und sonst etwan in Düsseldorf?« – »Ei hundert Mark«, schwindelte er ihr selbigmal vor, denn alles in allem macht' es nur sechzig aus. Jetzt zog sie aus dem Bettsack einen schweren Strumpf hervor und zählte dreiunddreißig blanke Taler und ein Markstück auf den Tisch. Wie er das Geld einstrich, liefen ihr die Tränen über die Backen. »Jakob«, sprach sie, »ich geb's ja gern, wann's auch nicht recht ist, dass dein Vater nix davon weiß. Die Sünd' muss ich halt auf mich nehmen. No bitt' ich dich um alles in der Welt, bleib doch von den Weibsleut weg. Du machst dich unglücklich dein Leben lang.« Ja freilich hatte sie recht. Als halbwüchsiger Bursch lief er in Eschenrod schon hinter jeder Schürze her. Dazumal hatte er's ernsthaft mit dem Justus Hobach seinem Kathrinchen, aber es hatte weiter nichts zu bedeuten gehabt. Das Kathrinchen heiratete später den Hufschmied Kümmel. Der Teufel hatte sein Spiel dabei, dass er das Karessieren nicht lassen konnte. In der Stadt als Weißbinder trieb er's flott und war bei den Mädchen Hahn im Korb. Heidi, heida! Alle paar Wochen eine andre; Abwechslung musste sein. Dann zog er den Soldatenrock an. Die Leut' von seiner Kompanie kneipten in der »Goldenen Gans«. Da kam er und die Christine beidsander. Das Mädchen hatte ein paar Augen im Kopf, die gingen einem durch und durch. Mit den vielerlei Liebschaften schnappt's jetzt ab. Sein Trachten ging nach der Christine. Die ließ ihn aber ordentlich zappeln, denn sie war nicht so wie die andern und nahm seine Freite ernsthaft auf. No war er rein verpicht auf das Mädel und konnt sein Klappermaul nicht halten und tat gleich von der Hochzeit schwätzen. Da machte sie keine Sperenzchen mehr. Und sie waren zusammen wie verheiratete Leut und lebten in den Tag hinein. Auf einmal war das Unglück da: Die Christine ging mit einem Kind. Er war sell verstabert und schwitzte Blut. Zum Glück kam's Manöver. Da zog er ab. Die paar Wochen gingen schnell herum. Wie er zurückkam als Reservemann, hielt sie ihn gleich auf der Straße an und fragte, wann die Hochzeit wär'. Er drückte sich um die Antwort herum. Sie las ihm die Gedanken aus dem Kopf, sah aus, als hätt' sie im Grab gelegen. Den Tag darauf machte er nach Düsseldorf. Jetzt schrieb sie sich die Finger wund. Er schwieg fein still, aber er quälte sich doch mit der Sache herum. Nun war ein Kamerad aus der Gewerbeschule, der schrieb sich Heyer und stammte von Alzey. Ein grundgescheiter, feiner Kerl. Bei dem lud er seine Sorgenlast ab. Der Heyer ließ sich alles haarklein verzählen und sagte drauf: »Horch einmal, Schwalb. Der Napoleon war ein großartiger Mann. Der hat akkurat über deinen Fall ein Gesetz geschrieben. Danach geht's noch heut bei uns vor Gericht. Dadrin heißt's, wann der Vater nicht will, braucht er so ein Kind nicht anzuerkennen. Der Napoleon hat sich seinen Kopf für viel Leut zerbrochen, hat gemeint, zuletzt sind die Weibsleut dran schuld. Jetzt sei kein Narr, schlag dir's aus dem Sinn. Da sitzt manch eine mit ihrem Paketchen und flennt und trägt's am End' allein.« Wie der Heyer ihm so zureden tat, war's ihm auf einmal leicht zumut. Zum Teuxel, weg mit der Sauertöpfigkeit! Alsfort fidel! Wozu war man jung? Und ein Jahr verstrich in Lustigkeit. Jetzt starb die Mutter, er musste heim. Unterwegs packt ihn eine barbarische Angst, dass er auf die Christine stoßen könnt'. Er wusste, sie diente als Magd in der Stadt. Am besten, er ließ sich dort gar nicht blicken und ging vom Bahnhof den Feldweg nach Eschenrod. Herrgott von Dachsbach, wann sie ihm doch in die Quere kam! Ritzefeuerrot wär' er geworden. Vor ihren schwarzen Guckeln gab's kein Verdeffendieren. Wahrhaftig und Gott, sie hätte ihn festgehalten, und mit dem Herumflankieren war's vorbei. Es lief aber alles wundergut ab. Auf dem Rückweg von Eschenrod ritt ihn der Teufel, dass er doch durch die Stadt und über den Marktplatz ging. Von der Christine war keine Spur zu sehen. So kam er ungewaschen davon.

Im Grund genommen war's ihm recht, dass der Vater so scharf jetzt ins Zeug mit ihm ging. Nun mied er künftig Eschenrod und die Stadt, wo's doch wegen der Christine nicht geheuer war. Aber zum Geier! Wohin? Hier brannte der Boden ihm auch unter den Füßen. Beim Scheuer vorhin hatten sie ihm nachgerufen: »Waart, Luskirl, de kommst ins Kachöttche.« Spaß beiseit! Das konnt' ihn ein paar Wochen kosten, dass er dem Gischpel eine ausgewischt. Ein Gedanke schoss ihm durch den Kopf. Da war auf der Kunstschule ein junger Holländer gewesen, Gröning mit Namen. Mit dem hatte er gute Freundschaft gehalten. Der schaffte jetzt in Amsterdam und, wie er schrieb, in einem großen Geschäft. Vielleicht, dass er dort ein Unterkommen fand. Die Arbeit ging ihm ja leicht von der Hand, er hatt' es von der Natur in den Fingern. Topp! Das war ein Plan, nach Amsterdam!

Rasch sprang er auf. Just trat der Geldbriefträger herein und brachte vom Vater zweihundertzwanzig Mark. Der hatte es mit dem Abschicken eilig gehabt. Er gab dem Postboten eine Mark Trinkgeld und sackte großtuerisch die Goldfüchse ein. Dann klingelte er seine Wirtin herbei, bezahlte die schuldige Miete und sagte, dass er ziehen müsse. Gegen Abend war er reisefertig. Mit dem Nachtzug fuhr er nach Amsterdam. –

6.

Ein harter Nachwinter hatte die Hoffnung der Bauern auf ein gutes Frühjahr zunichte gemacht. Wer, durch ein paar warme Tage verleitet, mit dem Säen der Feldfrüchte begonnen, musste befürchten, dass die Aussaat im kalten Erdreich zugrunde ging. Noch am Gertraudentag, da die Maus den Faden am Spinnrocken abbeißt und in der Regel die Feldarbeit ihren Anfang nimmt, schüttete Frau Holle die Federn aus. Grämlich hockte man in den Stuben und hörte draußen den Nordwind pfeifen. Die einen haderten laut mit dem Himmel, die anderen sprachen gottergeben:

> »Duckt euch, lasst vorübergahn,
> Das Wetter will sein' Fortgang han.«

Endlich am Palmsonntag wich die raue Witterung, und ein linder Südwest brachte Wärme und Regen. Nun kam auf einmal Leben und Bewegung in die Gassen und Gässchen von Eschenrod. Die verspätete Arbeit forderte doppelten Fleiß; wer irgend konnte, ging mit aufs Feld.

Auf dem Geiersberg stand der Flurschütz und überflog mit scharfem Auge sein Revier. Sein Amt war ihm heilig. Hatte er doch einen leiblichen Eid geschworen, mit allen Kräften zu schützen, was seiner Obhut anvertraut war. Er hatte den Bauern gegenüber keinen leichten Stand, denn da sie ihn wie ihresgleichen betrachteten, kostete es sie Überwindung, die Obrigkeit in ihm zu respektieren. Er ließ sich das nicht anfechten und hielt auf Ordnung und Recht in seinem Bezirk. Kannte er sich doch unter den Eschenrödern aus. Bei denen traf auch das Sprüchlein zu: alte Leute, alte Ränke, junge Leute, neue Schwänke. Wunderliches Volk! Nicht genug, dass der Boden fruchtbar war – wenn man den Finger hineinsteckte, ward er speckig – nicht genug, dass jeder das Seine hatte, sie taten wahrhaftig und Gott wie Hunde, die allesamt an einem Knochen nagten. Und belugsten sich mit scheelen Blicken und machten sich kein Gewissen daraus, einander die Feldfrüchte zu stehlen, ja, hehlings die Flursteine zu versetzen. Es stak wie eine Krankheit in ihnen, dass sie rappschen und immer rappschen mussten.

Da hatte der Kolportierer Melchior letzthin erzählt, in der Stadt habe einer aus dem Sächsischen vor vielen Leuten gesprochen. Der habe hoch und heilig versichert, der Gottesfriede sei nah'. Dann werde alles redlich geteilt, auch die Ländereien in gleiche Parzellen. Und arm und reich, das sei vorbei. Der eine stehe sich wie der andre und alle Menschen seien gleich. Das habe den Leuten mächtig gefallen und ein Geschrei sei gewesen wie in der Nacht vor Neujahr.

Sollte man's für möglich halten, dass es in der Stadt so Hämmel gab? Ja freilich, wo die Häuser aneinander klebten und die Luft verdorben und stickig war, kam's auf ein bisschen blauen Dunst nicht an. Der Sachsenländer hätte nur einmal hier herauf kommen sollen, er hätt' ihm die Finessen ausgetrieben: »Ei, schau dir das Feld an und die Frucht. Da sind nicht zwei Äcker, zwei Halme gleich. Das Vieh ist allegar unterschiedlich. Wie willst du die Menschen gleichmachen können? Guck, der liegt auf der faulen Haut, der rackert sich sein Leben lang ab. Der ist stockdumm, der erzgescheit. Der ist gutartig, der hat den Satan im Leib. Probiers nur einmal mit der Gleichmacherei. Dernach musst du auch die Gescheidigkeit verteilen. Sonst sind die Dummen allemal geuzt und gehen den Klüglingen zornwütig aus Wams. Und Mord und Totschlag ist das End' vom Lied. Nein, Sachsenländer, das ist nicht Fisch, nicht Fleisch. Wann einer immer im Saufhaus liegt, kann er sich so was vormachen lassen. Der nüchterne Mann lacht über die Späß'. Solang man als nix besseres weiß, lässt man das Ding laufen wie's läuft und schickt sich geruhig in die Welt.«

Sinnend schritt er den Berg hinunter. Da er dem Flachland näher kam, unterschied er die Bauern auf jeder Gewann. Da zogen sie die Furchen mit scharfem Pflug, streuten bedächtig den Samen aus und betrieben so friedlich ihr Geschäft, als ob sie kein Wässerchen trüben könnten. Ja, konnten sie nicht zufrieden sein? Sie schafften nicht um Tageslohn wie die Städter in den Werkstätten und Fabriken. Was sie in die Erde legten, das gab die tausendmalig zurück. Sie durften sich herzhaft schmecken lassen, was ihnen auf eignem Grund erwuchs. Freilich, das Ackern kostete Schweiß, aber so ein Mannwerk gab auch Kraft. Das hatte der Mensch vor dem Vieh voraus, dass er das Mark in den Knochen spürte. Eine starke Natur, das war doch alles!

Er schwang gelenk seinen Knotenstock, als wollt' er die eigne Kraft erproben.

Nun schritt er längs dem Hollerbach. Das Tal lag in leuchtender Frühlingspracht. Ein Wohlgefühl hob seine Brust und wär's ihm nicht zu kurios gewesen, er hätte laut übers Feld gerufen:

»Horcht her, ihr Leut, seid einig und froh!«

Auf dem Nibbacherweg gesellte sich der Sägmüller zu ihm. Der hatte in Weißenborn Geschäfte gehabt. Dort hatte die Gemeinde in ihren Waldungen Bestände abgetrieben und an einen Holzhändler in der Stadt verkauft. Die Stämme sollten zuvor vierkantig beschnitten werden, und der Sägmüller hatte die Arbeit auf dem Submissionsweg übernommen. Er berichtete mancherlei aus dem Nachbardorf. Offenbar war es den Weißenbörnern darum zu tun, mit den Eschenrödern, die sie bei dem Grenzstreit übers Ohr gehauen hatten, wieder auf gutem Fuß zu stehen.

Der Adlerwirt, der im Gemeinderat saß, hatte den Sägmüller auf den »Reinhardsfels« geführt. Da war ein stattliches Wirtshaus im Bau, für Sommergäste aus der Stadt bestimmt. Der Saal sollte von einem Maler ausgeschmückt werden. Dabei dachte man an den Jakob Schwalb von Eschenrod, den sein Lehrherr warm empfohlen hatte. Nun sollte zunächst der Flurschütz sich äußern, ob sein Sohn wohl ein paar Wochen abkommen könne. Dann wollte man gleich nach Düsseldorf schreiben.

Der Flurschütz blickte finster drein und sagte barsch:

»Die können sich das Schreiben sparen. Ich weiß gar nicht, wo der Jakob steckt.«

»Wieso dann?«, fragte der Sägmüller erstaunt.

»Ei, auf Fastnacht hat er zuletzt geschrieben. Dann ist noch was von seinem Direktor gekommen, sie hätten ihn kurzerhand fortgejagt, weil er sich um den Unterricht nix mehr kümmern tat. Etz hab ich ihm dadrüber Vorstellungen gemacht, aber die Post hat den Brief retour geschickt. Der Jakob wär' fort, kein Mensch wüsst' wohin.«

Der Sägmüller war ganz verblüfft.

»Das ist ja das erste Wort, was ich hör'.«

Der Flurschütz hob ein wenig die Schultern.

»Ja meinst du dann, dass ich's ausschellen lass'.«

»Bei Leib nicht, Daniel, aber du tust mir leid, wo dich der Bub doch schon so viel kost'.«

»Ich schätz, er ist übers Wasser gemacht.«

»Was das betrifft, der schlägt sich durch.«

Der Flurschütz lüftete die Mütze und trocknete sich den Schweiß von der Stirn.

»Ja, ja, man erlebt was an so einem Bub.«

»Ein Schlippchen ist er sein Lebtag gewest. Ich weiß, wie er noch ein Rotzjung war, ist er einmal in die Sägmühl' gekommen und hat mit dem Lieschen seine Sparrgitzchen gemacht. Etz krag er von mir den Buckel voll. Ich denk', dem sind die Sputzen vergangen. Was meinst du? Den andern Tag war er wieder da und spricht,

50

he wär' dem Lieschen sein Bräuem und Pfingsten sollt' die Hochzit sein.«

Der Flurschütz lachte bitter.

»Was ein Haken werden will, krümmt sich beizeiten. 's ist ja 'ne Sünd' gegen mein eigen Fleisch, aber ich hab den Bub nie ausstehen können.«

Mittlerweile hatten sie das Dorf erreicht. Der Sägmüller blieb bei der »Krone« stehen und sagte, er habe einen mordmäßigen Durst, auch gebe er ein Dippchen zum Besten. Der Flurschütz lehnte ab, er dürfe die Zeit jetzt nicht verpassen, denn der Bürgermeister habe ihn bestellt. Mit einem »Mach's gut!« gingen sie auseinander.

Der Bettelkaspar schnupperte um des Flurschützen Gehöft herum. Sobald er ausspioniert hatte, dass der Hausherr abwesend war und die Christine in der Küche schaffte, machte er sich an das Mädchen heran.

»Christine, mein Schätzchen, willst du für einen armen Hungerleider was tun?«

Christine mochte den Strunzer nicht abweisen und gab ihm Speck und Brot. Kaspar setzte sofort seine Kauwerkzeuge in Bewegung und quatschte dabei mit vollen Backen:

> »Kein besser Leben ist
> Auf dieser Welt zu denken,
> Als wenn man isst und trinkt
> Und lässt sich gar nichts kränken.«

Den Muffel hinunterschluckend bat er um ein Gläschen Apfelwein.

Christine lachte.

»Heut wird nix verzapft.«

»Schad'«, sagte der Kaspar, sich auf einen Küchenschemel niederlassend, »hätt' gern was zum Reden eingenommen.«

»Zum Reden? Du Schelm! Du brauchst dein Mundstück nicht zu schmieren.«

»'s könnt doch der Fall sein, wo ich als Freiersmann komm'.«

»Als Freiersmann?«

»Akrat zu dir.«

Sie dachte, der will sich ein Späßchen machen und setzte sich lächelnd in Positur.

Er aber nahm die Mütze ab und sprach:

»Geschrieben steht: Es ist nicht gut, dass der Mensch allein sei. Dadrüber hab ich die Tag' mit dem Katzenhannes gesprochen. Der hat seine achtzehn Morgen Land, könnt' Mädchen haben, so viel er wollt'. Letzt ist ihm eine angetragen worden aus Klingenrod – mit zehn Stück Vieh. Wann einer was hat, spielt die Ält' keine Roll'. No ist der Hannes ein putziger Mensch. Der sitzt bei seinen Kätzerchen und denkt: Kommt Zeit, kommt Rat. Etz bin ich aber doch einmal hinter ihn gangen und hab ihn geherigd ausgehorcht. Ja, spricht er, wann dann geheirat' werden soll, die Christine beim Flurschütz, die wär' mir recht. No, sprech' ich, soviel ich das Mädchen kenn', die schlägt eine gute Versorgung nicht aus. Wann dir's recht ist, gehn ich als Freiersmann. He sagt ja. Etz bin ich da und sprech': Der Johannes Schäfer hält um dich an und steht bei dir in Kreuz und Leid. Bist du's zufrieden, gilt der Verspruch.«

Selbstgefällig setzte er seine Mütze wieder auf und vermeinte, die Christine springe deckenhoch. Doch hatte er sich stark verrechnet.

»Kaspar«, sagte sie völlig gelassen, »du hast gered't so schön wie einer, und der Katzenhannes hat's gut im Sinn, aber es batt' nix, dann ich nehm' ihn nicht.«

Der Kaspar sprang auf wie von der Tarantel gestochen.

»Feuerjo! Bist du bei Trost? Du in deiner Ärmlichkeit und dadegegen der wohlhäbige Mann?«

»Ich nehm' ihn nicht«, beharrte sie.

Nun ließ er alle Minen springen wie ein echter und rechter Freiersmann, es nützte nichts, das Mädchen blieb fest.

Dass Bauer und Magd in die Ehe traten, hatte er etliche Male in der Dorfschaft erlebt. Dem Dienstvolk galt das als großes Glück. Dass der Bauer von der Magd einen Abweis erhielt, sprach allem ländlichen Herkommen Hohn.

Und der Kaspar schwätzte sich in die Wut, ohne auf das Mädchen Eindruck zu machen. Wie er mitten im Randalieren war, kam justement der Flurschütz herein und sagte verdutzt:

»Was geht dann hier vor?«

Christine schwieg, der Freiersmann aber sprach zungenfertig:

»Ich bring' der Christine ein Malter Glück. Der Katzenhannes hält um sie an. Etz red' ich mir die Lung' aus dem Leib, das Mädchen ist köppisch und will ihn nicht.«

»Wie ist das, Christine?«, fragte der Flurschütz.

Sie sah mit vollem Blick zu ihm auf.

»Ich nehm' den Katzenhannes nicht. Mir geht ja in meinem Dienst nix ab. Wann Ihr mich nicht fortschickt, bleib' ich bei Euch.«

Der Flurschütz wandte sich an den Kaspar.

»No weißt du's und kannst dein Gebabbel sparen.«

Der Freiersmann schlug eine Lache auf.

»Etz geht mir ein Licht auf. Daniel hab acht. Die Christine ist geckig, die spitzt sich auf dich!«

Kaum, dass dem Hämischen das Wort entschlüpft, so fasste ihn der Flurschütz unsanft beim Kragen und setzte ihn vor die Tür.

Christine nahm ihre Arbeit wieder auf, sie zitterte wie Espenlaub. Ihr war's, als müsse die Last herunter, die ihr so schwer auf dem Herzen lag. Ein paar winzige Wörtchen, und es war heraus. Herr-

gott, nur einmal frei atmen können. Wie wohl wär' einem da, wie
leicht! Es hämmerte in ihren Schläfen. Nur ein paar Wörtchen,
und es war heraus. Ja war's denn wirklich schon an der Zeit? Der
Jakob trieb sich draußen herum, niemand wusste, wo er verblieben
war. Ob er wiederkam, das stand dahin. Und wenn sie dem Flurschütz jetzt alles gestand? Gewiss, er war ein grundguter Mann,
aber der Jähzorn steckte in seinem Geblüt. Ja, wenn man so durch
einen durchgucken könnte. Er hatte so viel verschlucken müssen.
Würde er auch den neuen Schlag verwinden? Vielleicht, dass er
versöhnlich war. Vielleicht, dass er sie von sich stieß. Nur ein paar
Wörtchen, und alles war hin.

Jetzt trat der Flurschütz auf sie zu.

»Was der Kaspar, der Faxenmacher, dir anhängen will, das
braucht dich gottseben nicht zu schenieren. Bis dahin sein ich gut
mit dir ausgekommen. Dernacher mag trätschen, wer trätschen
will.«

Sie hantierte emsig weiter – und schwieg.

7.

»Zehn, ihr Leut'!«, rief mit schnarrender Stimme der lange
Schorsch, der Nachtwächter zu Eschenrod. Darauf tutete er zehnmal
in sein Horn. Ein fernes Echo gab die langgezogenen Töne zurück.
Alles lag in tiefstem Schlaf, nach harter Arbeit brauchte der Körper
Ruhe.

Zur selbigen Stunde verließ der Flurschütz seine Behausung und
trat seinen nächtlichen Rundgang an. Während der guten Jahreszeit
hatte er mindestens einmal in der Woche sein Revier zu begehen,
und er befolgte genau seine Instruktion.

Unweit der Kirche kam ihm der lange Schorsch entgehen.

»Daniel, weißt schon?«

»Was?«

»Der Hobach ist aus dem Kästchen kommen.«

»Sind dann dem seine drei Monat' schon um?«

»Freilich.«

»Die Zeit vergeht, man weiß nicht wie.«

»He sieht gottserbärmlich aus.«

»Ja, das macht die Stockhausluft.«

Der Wächter trat nah' an den Flurschütz heran.

»Was ich sagen wollt', Daniel, nehm' dich in Acht. Der Justus hat's auf dich gepackt.«

Der Flurschütz fasste den Knotenstock fester und sprach gelassen: »Ich fürcht' mich nicht.«

Er bot dem langen Schorsch die Zeit und schritt der freien Feldmark zu.

Über den Geiersberg stieg der Mond empor und streute sein Silber auf das Gelände. Rings Blütenschnee und Wohlgeruch. Da atmete man noch einmal so tief und fühlte innerst die Kräftigkeit, die aus Millionen Keimen drang.

Wenn man jung war, sah man nur obenhin, wie schön unser Herrgott die Welt gemacht und dachte, das bleibt dir ewig lang. Ja fehlgeschossen, lieber Kumpan! Jahr um Jahr flog pfeilschnell dahin, und guckte man rechts und links sich um, war schon die halbe Kameradschaft fort. Und was noch am Leben, war meistenteils mürb. Kurios! Man hatte doch auch was auf dem Buckel und merkte noch nichts von Hinfälligkeit.

Er reckte sich unwillkürlich empor. Er kam halt von einer gesunden Art. Die trotzte stämmig Prall und Stoß.

Was konnte am Ende das Quengeln helfen? Man tat sein Mannwerk ohne Scheu und war zufrieden mit seinem Brot.

Er hatte sich auch über nichts zu beschweren, seit ihm die Christine die Wirtschaft führte. Die war eine Schanzern, nicht zu beschreiben. In aller Herrgottsfrühe auf den Beinen, schurgelte sie bis in die Nacht. 's war eine Freude, ihr zuzugucken. Nur blickte sie manchmal so trübetrostig drein. Ja, ja das Kind! Sie hatte eben auch ihr Herzgespann. Das war unter den Mäderchen ganz verschieden, die eine nahm so was auf die leichte Achsel, die andre kam nicht darüber hinweg.

Die Stadtleut' wollten was Besseres sein und schämten sich nicht ihrer Schuftigkeit, ein armes Mädchen zu Fall zu bringen und hernach in Kümmernis sitzen zu lassen. Da ging's auf dem Land doch sittiger zu. War ein Bursche über das Schwabenalter hinaus, hatte er wie recht und billig seinen Schatz. »Passierte« etwas, so hielt man zueinander. Allenfalls wurde die Hochzeit verschoben, bis man im eignen Haus zusammenzog.

Die Christine hatte halt Unglück gehabt. Darum achtete er sie gewiss nicht gering. Die brauchte sich vor niemand zu verstecken. Dahingegen stach sie gar manche aus und trug sie erst ihren Sonntagsstaat, konnte sie sich weitum mit den Frauenbildern messen.

Putzig, dass er dafür noch Augen hatte, wo er doch schon in gesetzten Jahren war. Ein Lächeln flog über sein Gesicht. Die Alten wurden mit einem Mal giferich. Der Katzenhannes voran. Was war dem Hannebambel dann eingefallen? Die Christine hatt' es ihm angetan. Zum Heiraten gehörten freilich zwei. Sie hatte ihn fix ablaufen lassen. Wie mochte wohl ihr Gusto sein? Der Katzenhannes war abgeblitzt, aber morgen konnte ein andrer kommen, und eh' man sich umsah, war sie fort.

Er zog die Stirne mächtig kraus. Sie hätte ihm jetzt doch gefehlt. Er hatte sich an sie gewöhnt. Schon wieder ein andres Gesicht im Haus? O Jemine! Und dann wusste man nicht, wen man bekam. Wenn er ihr monatlich zwei Mark zulegen würde? Jawohl, das konnte gleich geschehen. Aber lag ihr dann wirklich an dem Lohn? Sie hob nur das Kostgeld für ihr Bubchen ab, das andre, meinte sie, stünd' gut bei ihm. Das war klar, am Geld hing sie nicht. Ja,

wer ihre Gedanken ausknicheln könnte! Vielleicht war ihr gerad'
seine Art kommod. Er schob ihr keinen Riegel vor, sie durfte
hinlangen, wo sie wollte, just als ob sie die Bäuerin wäre. Und
freundlichen Zuspruch hatte sie auch. Das verstand sich am Rand,
wann eins sich so plagte. Obendrein war sie nicht auf den Kopf
gefallen, konnt' manchmal reden wie ein Buch. Wann war's dann
gewesen? Ja, letzt am Sonntag. Er hatte sich einen Schliwwer in
den Finger gerannt. Da war sie allein in die Kirche gegangen. Wie
sie heimkam, tat sie die ganze Predigt verzählen. 's war die Ge-
schichte vom verlorenen Sohn. Der Pfarrer hatte mancherlei zuge-
setzt und seiner Gemeinde ans Herz gelegt. Die Christine hatte
kein Wörtchen vergessen. Das floss ihr nur so aus dem Mund. Er
musste alsfort an den Jakob denken, dann der war ja auch ein
verlorener Sohn, aber keiner, wie er in der Bibel stand. Der kam
nicht reumütig nach Hans, strunzte lieber in der Welt herum. Ob
die Christine auf den Jakob hatte anspielen wollen, weil sie alles
so hübsch nachsprechen tat? Schon möglich, sie war seelengut.
Ihm war sell viel auf der Zunge gelegen, er hatte es aber hinunter-
geschluckt. Was sollt' er dem Mädchen vorlamentieren? Das verschloss man gottseben am besten in sich. Sie kannte den Jakob
nur vom Hörensagen, wusst' nicht, wie grundverdorben er war.
An dem war alle Predigt verloren. Die Sünde nahm er auf sein
Gewissen: Der Bub war bei ihm ausgetan!

Vom Dorf her drangen abgerissene Klänge, der Wächter hörnte
Mitternacht. Der Flurschütz schlug einen Feldweg ein und näherte
sich dem Hollerbach. Auf dem Wasser lag ein Nebelstreif, darüber
goss der Mond sein Licht. Ein Lüftchen hatte sich aufgemacht und
trieb das Silbergespinnst hin und her. Da formten sich seltsame
Gestalten, Alraune und Wichtel, ein ganzes Heer. Ja wer an den
Spuk noch glauben mochte. Bei Gott! Dort drüben regte sich was.
Kein Heinzelmännchen, ein leibhafter Mensch!

Mit einem Satz sprang der Flurschütz über den Bach, ging einer schmalen Furche nach und sah den Wolfsacker vor sich liegen.

Über den Grenzstein bückte sich ein Mann.

»Wer da?«, rief ihn der Flurschütz an.

»Ich sein's«, gab eine heisere Stimme zurück.

Der Flurschütz war auf Schrittlänge herangekommen.

»Hobach? Du?«

»Ja ich.«

»Was schaffst du hier?«

»Kümmert's dich? Ich denk', ich steh'n auf meinem Grund.«

»Nächts?«

»Jawohl, nächts.«

»Und lawerierst wieder da am Grenzstein herum?«

»Was fällt dir ein?«

»Hobach, fass' ich dich noch einmal, kommst du unter drei Jahr' nicht weg.«

»Ich hab den Grenzstein nicht angerührt.«

»Ich sag' dir's in Gutem, Hobach, geh heim.«

Der Mann machte keine Miene zu gehen.

»Ich bleib! Du hast mir nix zu kommandier'n.«

Jetzt donnerte der Flurschütz ihn an:

»Galgenstrick, gleich gehst du mit!«

Da zuckte der Justus Hobach zusammen, zog blitzschnell etwas aus der Tasche hervor und drang auf sein Gegenüber ein.

Des Flurschützen Adlerblick war ihm gefolgt. Im Nu sauste sein Knotenstock nieder und traf mit Wucht des Gegners Kopf. Ein Messer fiel auf die Ackerscholle. Der Hobach aber schlug rücklings zu Boden, von seiner Stirn rieselte Blut.

Fernher rauschte der Hollerbach. Eine Eule flatterte über die Stätte und erhob ihr hässliches Geschrei. Es war so hell wie am lichten Tag.

Der Flurschütz richtete den Getroffenen auf und band ihm sein Schnupftuch um den blutenden Kopf.

Der Justus hatte ihm ans Leben gewollt, er hatte sich bloß seiner Haut gewehrt. So weit war's jetzt mit dem gekommen. Gestern aus dem Stockhaus entlassen, heut ein wüster Mordgesell. Wie ein Mensch sich sein Leben so verschütten konnte! Er kannte den Hobach von Kindsbeinen an. Der trübte vordem kein Wässerchen, ging still und friedsam seiner Wege. Nun fiel ihm aus Erbschaft der Wolfsacker zu, der lange brach gelegen hatte. Und es passierte, dass er sonntags seine Gewann beschritt und vermeinte, ein Streifen sei ihm abgezackert. Herrgott, wer hatte das pexiert? Das musste vor Tag geschehen sein. Daneben lag dem Schmalbach sein Acker. Der schien auf einmal so merkwürdig breit. Schmalbach, Nimmersatt, dass dich die Pest! Der Schmalbach leugnete alles ab. Die Sache kam ans Feldgericht. Das sprach den Friedrich Schmalbach frei und ließ alsbald einen Markstein setzen. Der Hobach war selbigmal ganz aus dem Häuschen und schlich wie verpicht um den Stein herum. Die Leute sprachen: Der schnappt noch über. Der Grenzstein ging ihm nicht aus dem Kopf. Und er griff wahrhaftig zu Hacke und Spaten und verrückte im Dusterlicht den Stein. Dabei hatte der Flurschütz ihn gefasst und stracks dem Strafgericht überliefert. Drei Monate hatten sie ihn eingesteckt. Drei Monat Gefängnis, das war hart. Unter den »Kochemern« war er völlig verwildert. Das sah man, wie er zum Messer griff.

Der Flurschütz hob das Beweisstück auf und steckte es behutsam ein.

Der Justus hatte einen Hass auf ihn, weil er der Angeber gewesen war. Er hatte getan, was sein Amt ihm gebot. Da gab's beileibe kein Vertutschen. Und wenn's der eigene Bruder war.

Selbigmal hatte er freilich seine besonderen Gedanken gehabt. Der Schmalbach war ein durchtriebener Kunde. Dem war eine

Büberei schon zuzutrauen. Nun tat das Feldgericht seinen Spruch. Dernacher hieß es: das Maul gehalten.

Der Hobach wollte sein gutes Recht und hatte sich schrecklich hineingerannt. Der Schmalbach, der Kujon, rieb sich die Hände. Wie's zuging unter dem Menschenvolk! Es war zum Lachen und Flennen zugleich!

Vor ihm lag der blutrünstige Mann. Da beschlich das Mitleid sacht sein Herz. Der da war gewiss der Schlimmste noch nicht. Die Menschen hatten ihn rabiat gemacht. Und es liefen ihrer im Dorf herum, die schlechter waren wie der. Auf dem armen Teufel herumzutrampeln, war Skandal und Niedertracht. Wenn er sich sonst nur wieder aufrappeln tat – was diese Nacht geschehen war, gelobte der Flurschütz sich, schwieg er tot.

Der Verwundete stöhnte leise.

»Wie ist's dann?«, fragte der Flurschütz besorgt.

Der Mann war leicht verletzt, aber völlig zerknirscht.

»'s hat mir nix getan«, sprach er dumpf vor sich hin.

Der Flurschütz atmete erleichtert auf.

»Du musst einen harten Schädel haben. Wann ich einem eins auf den Grind geb, hat's geschellt.«

Der Justus brachte sich mühsam aus die Beine und ächzte:

»Hättst du mich doch kaputt gemacht.«

»O ha!«

»Guck, Daniel, ich sein wie bedäumelt gewest. Gest' Mittag sein ich losgekommen. Drei Monat haben meine Leut' nicht nach mir geguckt! Etz tret' ich ins Haus. Und rührt sich keins. Und mein Frau hat ein Gift auf mich und hat die Kinder verhetzt, der Vater wär' zu nix mehr nutz. Da sein ich fort in einer Wut und wollt' vermordessern, was vor mich kam. Daniel, was hab ich ausgestanden!«

Die helle Verzweiflung sprach aus dem Mann. Da der Flurschütz schwieg, sah er ihn flehentlich an.

»Daniel, ich bitt' dich, führ' mich etz ab. Nur nicht am Tag, wo die Leut ein' neipeln.«

»Wer spricht dann von abführen?«, tat der Flurschütz erstaunt. »Ich schätz', du bist ein freier Mann.«

»Daniel!«, schrie der Hobach auf und suchte zitternd des Flurschützen Hand.

Der aber sagte mit leisem Schüttern:

»Justus, wann du sonst nix mehr verkerben willst, von mir aus geschieht dir gewisslich nix. Was du sell getan hast, ist alleweil glatt. Dadrüber hat dir keins nix mehr vorzuwerfen. Kopf hoch, Justus. Und etz geh heim!«

Der Justus blieb erst wie versteinert stehen, dann wankte er dem Dorfe zu. Der Flurschütz nahm seinen Marsch wieder auf und schritt durch das nächtliche Revier.

8.

Das Jahr, das sich so kläglich angelassen, bescherte den Eschenrödern eine reiche Ernte. Nach der Hitze und Last des Sommers, der alle in Atem gehalten hatte, gönnte sich das Alter Rast, unter dem jungen Volk aber regte sich unbändige Freude, denn das Fest der Kirmes stand vor der Tür. In Erwartung der Lustbarkeit vereinigte die Burschen allabendlich der obligate Soff. Die Mädchen brachten ihre Staatsangelegenheiten in Ordnung. In den Häusern machte man die Fensterscheiben blank, rieb Tische, Stühle und Bänke ab und bestreute die Fußböden mit weißem Sand. Das Scheuern erstreckte sich sogar auf die Ställe, so dass überall Ordnung und Sauberkeit herrschte. Mächtige Kuchen wurden gebacken und Viktualien herbeigeschafft. Selbst die minder Begüterten sorgten für Küche und Keller, um sich bei der Kirmes ein Bene zu tun.

So ging die Schanzwoche vorüber. Samstag Abend wurde die Kirmes angespielt und dem Pfarrer und Bürgermeister ein Ständchen gebracht. Darauf bei Bier und Branntwein ein fröhliches Gelage. Sonntag in aller Frühe strömten die Armen aus den umliegenden Ortschaften herbei und gingen bei den Bauern um. Da taten sich alle Hände auf. Wo die Freude eine allgemeine war, wollte man keine verschmorrten Gesichter sehen.

Zum Kirchgang ordnete sich der Kirmeszug, Mädchen und Burschen im größten Staat. Die Mädchen trugen ein blaues Mieder und Schnürröcke, ein Dutzend übereinander, mit fingerbreitem Damast gesäumt. Die Burschen erschienen in blauer Jacke, weißen Hosen und langen Stiefeln. Die Tanzmagd hatte eines jeden Hut aufs Schönste mit dem Luststrauch geschmückt.

Der Fahnenträger gab das Zeichen zum Aufbruch, die Musik spielte einen kriegerischen Marsch und vorwärts ging's der Kirche zu.

Erst nachmittags begann der Tanz. Aus der Schleifwiese hinter der Krone war der Kirmesbaum gerichtet. Um diesen wirbelten die Paare. Frauen und alte Jungfern bildeten die Zuschauerschaft und klatschten wie die vornehmen Damen in der Stadt. Die Männer saßen derweil abseits und vergnügten sich beim Kartenspiel. Bier und Branntwein flossen in Strömen und des Juchzens war kein Ende.

Gegen Abend nahm jegliche Tanzmagd ihren Tanzburschen mit nach Haus und bewirtete ihn mit einem lukullischen Mahl. Da gab's Wecksuppe, steifgekochten Reis mit Rosinen, Krautsalat mit Bockwurst und gesottenes Obst.

Nachdem es vollends dunkel geworden, begaben sich alle in den Saal der Krone, das eigentliche Tanzlokal. Hier empfing sie die Musik mit einem schmetternden Tusch. Burschen und Mädchen schlangen die Arme ineinander, und das Tanzvergnügen begann von Neuem. Die Saalfenster waren fest verschlossen, über dem

Menschenknäuel brütete eine unermessliche Hitze. Bei dem engen Tanzkreis war an regelrechte »Dreher« nicht zu denken. Wer es nicht vorzog, auf derselben Stelle zu hopsen, und in die trappelnde Menge geriet, der wurde geschoben, gezerrt und gestoßen. Dessenungeachtet waren alle bei bester Laune, und der reichliche Biergenuss erhöhte die Stimmung. Bald fassten die Burschen die Mädchen kühner, Kopf presste sich glühend an Kopf. Und das »Pläsier« währte die Nacht hindurch, bis bei beginnendem Morgengrauen Pärchen um Pärchen von dannen schlich.

In der blitzblanken Stube saß Christine im Feiertagskleid. Die ganze Woche hatte sie unmenschlich geschafft und das Unterste im Haus zu oberst gekehrt. Man konnte nicht wissen, es kam Besuch. Da sollte niemand die Nase rümpfen.

Der Flurschütz hatte dieser Generalreinigung stillvergnügt zugeschaut. In ihrer Putzwut glich die Christine seiner Marie selig. Die saß hier freilich in ihrem Eigentum und wusste, für wen sie sich abrackern tat. Ja wusst's dann die Christine etzern nicht? Er lachte behaglich vor sich hin. Sie war nun bald ein Jahr in seinem Dienst und galt ihm längst nicht mehr als Magd. Sie führte das Regiment wie die leibhafte Frau. Nur dass sie für sich in ihrer Kammer schlief. In ihrer Gescheidigkeit hatte sie ihn rein ausgeeckt, brauchte ihn bloß anzugucken, um auf die Sekunde anzusagen, was die Uhr bei ihm geschlagen hatte. Du Racker, dachte er oft bei sich, du bist mit allen Salben geschmiert! Und ihre Art gefiel ihm so wohl, dass er danach Verlangen trug, alles vor ihr abzuladen was ihm auf dem Herzen lag. Als Flurschütz stand man gesondert von den Bauern. Mischte man sich unter die Kleie, fraßen einen die Säue. Alleritt Respekt vor der Feldpolizei! Das Amt brachte Ärgerniss und Verdruss. Da lief einem manchmal die Galle über. Und alles so in sich hineinzufressen, das hätte ihn ganz verzwerbelt gemacht. Er musste seine Aussprache haben. Sie hatte eine feine Manier, ihn geruhig zu machen, wann's bei ihm überkochte. Das

Hitzköpfige riss ihn leicht mit fort. Betrachtete er's von allen Seiten, so war's gottseben für ihn ein Glück, so ein umgänglich Frauenbild um sich zu haben.

Auf der Schleifwiese jubelierte das junge Volk. Verhalten klang die Tanzmusik herüber. Den Kopf zurückgebogen lauschte Christine und ihre Augen leuchteten auf. Einer wunderlichen Vorstellung gab sie Raum: Der Jakob war zurückgekommen und sah gar hübsch und stattlich aus. Sie gingen mitsammen in die Krone und führten einen Schwälmer auf. Die ganze Bauernschaft guckte zu. Potztausend! Was die zwei hopsen konnten. Und die Burschen sangen im Chor dazu:

»Seng der da die Hosebängel
Länger bi die Strempe,
Es der da des rechte Ben
Kärtzer bi des lenkte.«

Jetzt tanzte jedes ein Weilchen allein, dann wieder rechtsum, linksum als Paar, dingel ringel hopsasa! Das Herz hüpfte ihr vor Freude im Leibe. Jakob, Jakob, bist wieder da!

Sie fuhr zusammen.

Liebes Gottchen! Was waren das für Hirngespinste. Für sie gab's keinen Jakob mehr, für sie waren Kirmes und Tanz vorbei.

Der Flurschütz saß, seine Pfeife schmauchend, am offenen Fenster und sah verstohlen zur Christine hinüber. Die bunte Tracht stand ihr gut zu Gesicht. Für wen hatte sie sich so herausgeputzt? Ob sie heut auf die Wiese ging? Tanzburschen fanden sich genug. Ein bitteres Gefühl stieg in ihm auf. Es hätte ihm den Tag verdorben, sie um den Kirmesbaum fliegen zu sehen. Ei, ei, war er gar eifersüchtig? Narrenpossen! Wer sprach von Eifersucht? Nur, weil sie sonst nicht gelüstrig war und mit ihrer Gesetztheit in den Spektakel nicht passte. Übrigens hatte sie ihren freien Willen.

Mochte sie immer zum Tanzen gehen. Er war der letzte, ihr's zu verwehren.

Jemand kam die Straße herauf und schwenkte von fern schon lustig den Hut. Es war des Sägmüllers Oberknecht, der schöne Konrad, in vollem Wichs. Nun stolzierte er in die Stube herein: einer von den hochgewachsenen, sehnigen Burschen, wie sie im Hessenland häufig sind. Dem Brauch gemäß setzte ihm Christine Kuchen vor und schenkte ihm ein Glas Apfelwein ein.

Der schöne Konrad hatte ein Auge auf die Christine und brachte gleich sein Anliegen vor. Sie solle seine Tanzmagd sein, jetzt komme man gerade recht.

»Ich hab dir's vorgest' schon gesagt«, beschied ihn die Christine freundlich, »ich mach hau' keine Kirmes mit.«

Der Konrad wollte keine Ausflucht gelten lassen.

»Etz sperr dich doch nicht, Christine, und komm.«

»Nein Konrad, ich geh'n nicht aus dem Haus.«

»No guck eins so eine Hartköpfigkeit.«

Sie lächelte.

»'s muss halt auch Hartköpf geben.«

Er ließ nicht nach, sie blieb bei ihrer Weigerung. Da zog er endlich traurig ab, die Kirmesfreude war ihm verdorben.

Der Flurschütz hatte unterdessen mächtig gepafft und nicht das Mindeste dreingeredet, doch konnte man in seinem Gesicht lesen, wie angenehm ihn des Mädchens entschiedene Haltung berührte. Kaum war der schöne Konrad gegangen, wurde er mit einem Male redsprächig und erging sich in heiteren Erinnerungen an die Kirmesfeste während seiner Burschenzeit. Selbigmal war's gemütlicher wie jetzt, wo alles einen neumodischen Anstrich hatte. Aus der Mitte der Dorfjugend heraus wurden neun Platzburschen gewählt, die den Wirtschaftsbetrieb auf eigne Faust übernahmen und auch für die Musik aufkommen mussten. Ein Hauptspaß war, wenn die Platzburschen auf einem mit vier Pferden bespannten

65

Wagen in der Stadt das Kirmesbier holten. Ein Vorreiter mit Stulpenstiefeln ritt voran. In der Stadt wurden die Pferde ausgeschirrt. Der Bierbrauer lud zu einem Fässchen ein und setzte ein zweites und drittes darauf. Die Ausgelassenheit war unbeschreiblich. Zuweilen gab's auch eine Prügelei. Spätabends trat man die Rückfahrt an. Das ganze Dorf war aufgeblieben und begrüßte die Heimkehrenden mit lautem Hallo. Den sonntäglichen Kirmeszug eröffnete der Hammelleiter mit einem feisten Hammel. Auf dem Hammel ruhten begehrlich aller Augen, denn der wurde später herausgespielt und dem glücklichen Gewinner mit Musik ins Haus geführt. Während der Kirmeszeit war es den Platzburschen verboten, ihr Bett zu berühren. In einer Stube wurde Stroh gestreut, darauf sich Platzburschen und Musikanten lagerten. Aber wehe dem, der sich heimlich in sein Quartier entfernte, er wurde in aller Frühe mit derben Schlägen aus den Federn getrieben und angeseilt von Zweien fortgeführt. Ein schöner Brauch war auch verschwunden, die Kirmes am Dienstag zu begraben. Die Burschenschaft zog vor das Dorf, ein alter Kochtopf wurde in die Erde verscharrt, wobei ein Schalk die Grabrede hielt. Die Musik spielte einen Trauermarsch, und friedlich ging man auseinander.

So erzählte der Flurschütz in breitem Erguss. Christine lauschte mit halbem Ohr, denn ihre Gedanken waren ganz woanders. Der Nachmittag dünkte ihr endlos lang.

Gegen Abend richtete sie das Essen, heute lauter Leckerbissen. Der Flurschütz ließ sich wohl sein dabei und schmauste wie gewöhnlich für zwei.

Nun wischte er sich übersatt den Mund und setzte die Pfeife wieder in Brand. Die Christine saß ihm gegenüber. So geschnatzig hatte sie nie ausgeschaut. Und die schwarzen Guckelchen und das feine Gesicht: Da wurde einem ganz artlich zumut. Auf der Schleifwiese hätte sie das Geriss gehabt. Dagegen verzichtete sie auf Trubel und Tanz und leistete lieber ihm Gesellschaft. Sie spürte, dass sie zu ihm gehörte. Das Herz schlockerte ihm wie vor dreißig Jahren. Ja, auf was wartete er noch? Er hätte sie doch nimmer fortgelassen. Die Gelegenheit musste man beim Schopf erwischen. Er war wahrhaftig doch Manns genug. Wozu das Gezäppel? Jetzt frei heraus.

Da legte er die Pfeife beiseite, räusperte sich und sprach:

»Wie sie gest' Abend die Kirmes angespielt haben, sein ich droben auf dem Ribbacherweg gestanden. Guck, wann ich als Musig hör'n und 's drückt mich was, dadebei werd' ich ganz griebelig. No hab ich an vielerlei denken müssen und hab so vor mich hin simeliert: Da sitzt du einzling in deinem Gehöft, hast Gott sei Dank dein bisschen Brot. Was tust du dir hier als Maulwurfsfänger weh, wo du für keins zu sorgen hast? Geb in Gottes Namen den Flurschütz ab. Gönn' die paar Penning einem armen Schlucker. So hab ich in mich hineingesprochen. Etz mein' ich, 's hätt' mir eins zugepispert: Ei, Daniel, hast du das Zählen verlernt? Wer spricht dann von einzling? Ich schätz', da sein zwei – die Christine und du. Wann die Christine allegar bleibt, dernacher überleg' dir's noch einmal und schmeiß' den Flurschütz nicht so fort.«

Er hemmte seinen Redefluss und sah Christine forschend an. Die Christine hatte Grütze im Kopf. Die merkte doch, wohinaus er wollte. Vielleicht, dass sie ihm entgegenkam und ihm das letzte Wort ersparte. Doch tat sie's nicht, sah regungslos vor sich hin.

Da brachte er seinen Antrag heraus.

»Das Gemummel, mein' ich, hat weiter kein' Wert. Hau' sein ich mit mir einig worden. Ich setz' dich hier als Bäurin ein. Heißt, wenn du dein Jawort von dir gibst.«

Ein Blutstrom schoss ihr ins Gesicht, und sie vermeinte umzusinken.

»Herr Jesses im Himmel!«, stammelte sie.

Er weidete sich an ihrer Verwirrung. Ja freilich, als Bäuerin aufzusteigen, darauf war sie nicht gefasst. Gestern blutarm, heut in der Wolle: Der Glücksfall könnt' eins dusselig machen.

Was war dann das? Jetzt stand sie auf und schauperte sich, als überlief sie ein Frost, und kehrte ihm den Rücken zu. Da sollte sich eins einen Vers drauf machen! Hatte sie das Sprechen verlernt?

Ein Gedanke durchblitzte sein Gehirn: ihr Kind!

Er näherte sich ihr zutraulich. »Christine, brauchst nicht so verstabert zu sein. Gelt, glaubst, ich hätt' nicht an das Kind gedenkt? O ja. Lass nur die Hochzeit verstrichen sein, dernacher gehört das Bubchen mir. Das Geschwätz von den Leut' inscheniert mich nicht.«

Sie stand noch immer abgekehrt. Er sah, dass ihr Körper krampfhaft zuckte und dachte: Kurios, wie eins vor Freud' verschrocken sein kann!

»Wer wird dann so vergeistert sein?«, sprach er ihr freundlich zu. »Verzimpern willst du dich doch nicht? Guck', ich sein auch kein Heimlicher, ich sein gradaus. Das schwör ich dir zu: Ich halt' dich wie meine Marie selig.«

Da wandte sie sich nach ihm um, ihr Gesicht war angstverzerrt und bleich wie der Tod.

»No gilt's?«, streckte er ihr die Hand entgegen.

Sie sah mit irrem Blick zu ihm auf.

»Nehmt's nicht für ungut, es kann nicht sein.«

Er ließ betroffen die dargebotene Rechte sinken.

»Das sprichst du ungedanksen hin.«

Sie schüttelte wehmütig den Kopf und wiederholte:

»Es kann nicht sein.«

Er zog die buschigen Brauen zusammen, in seinen Pupillen loderten Flammen. Den Korb hatte er bei Gott nicht erwartet. Sie wusste doch, wie gut er ihr war. Nun wies sie seine Werbung ab. Ein wütender Schmerz durchdrang seine Brust. Was war ihr in den Sinn gekommen, dass sie den Einsatz im Haus verschmähte? Hoffte sie auf einen jungen Dachs? Er stellte auch noch seinen Mann. Nein, mannsüchtig war sie nicht. War ihr Tun und Reden Spitzfindigkeit? Fast schien's, als wollte sie was vertuckeln! Ja, wer studierte die Weibsleute aus? Wenn er in sie drang, bekannte sie's wohl. Nein, fragen würde er sie nie und nimmer. Der Stolz des Bauern regte sich. Um alles in der Welt durfte sie nicht merken, wie nahe ihm die Abweisung ging. So zwang er seine Bewegung gewaltsam nieder und sagte:

»Ja, wie man einmal über so was schwätzt. 's ist als gut, wann man weiß, wodran man ist.«

Und griff zur Mütze und schritt hinaus.

9.

Christine starrte wie betäubt vor sich hin. Draußen senkten sich die Schatten der Nacht. Über das Talgebreite trieb dunkles Gewölk, und es entlud sich ein schweres Gewitter. Blitz um Blitz und Donnergetöse, Schloßen prasselten wider die Scheiben. Der Aufruhr der Elemente berührte sie nicht.

Ihre Gedanken kreisten um einen Punkt: Sie hatte des Flurschützen Antrag kommen sehen, hatte nichts getan, ihn abzuwehren. Was ihr geschwant, hatte sich erfüllt, nun war kein Bleiben mehr für sie.

Der Herrgott droben hatte sie hieher geführt, der Glaube wurzelte fest in ihr. Was er dabei im Sinn gehabt, das hatte er freilich nicht verraten. Da fragte man tausend Meilen hinauf, es kam aber keine Antwort herunter. Dass sie die Mummerei so lang mit sich herumgeschleppt, war sicher nicht Gottes Wille gewesen. Darum traf sie jetzt sein Strafgericht. Ein Strom von Tränen löste ihre Erstarrung. Jüngsthin hatte der Pfarrer gepredigt: Wer Sünde tut, der ist der Sünde Knecht. Das passte auf sie. Eine Heimliche war sie ins Haus gekommen. Ihr Recht wollte sie fordern, wenn der Jakob sich zeigte. Darüber war bald ein Jahr vergangen. Dem Flurschützen galt sein Sohn als verschollen. Sie aber hatte beharrlich geschwiegen. Beim Flurschützen war ein guter Platz, sie konnte sich keinen besseren wünschen. Sonst hatte sie als Magd gehorcht, der Flurschütz ließ ihr freie Hand. Und sie hörte von ihm kein raues Wort. Wenn sie rückwärts sah, wie sie sich hatte ducken müssen, wie viele Stumper sie abgekriegt, so hatte sie wahrlich hier goldene Zeiten. Solch schönen Dienst gab man wissentlich nicht auf.

Für die Mannsleute im Dorf hatte sie gar nichts übrig. Dieser und jener schielte nach ihr. Immerhin, sie machte sich keine Gedanken darum und ließ sich mit Bauern und Knechten nicht ein.

Die Kameradinnen hatten sie einstmals verspottet, weil sie so arglos und weichherzig war. Ja, wie einen der liebe Gott geschaffen, so musste man sich verbrauchen lassen. Der Jakob hatte sie elend gemacht, aus ihrem blutenden Herzen wollte sie ihn reißen und hing mit allen Fasern an ihm. Da konnte der Schönste, der Reichste kommen, sie hatte für sein Freien kein Ohr.

In der Stadt lag's ihr immer schwer auf der Brust, hier war ihr leichter zumut geworden. Der Flurschütz war manchmal obstenat – jedes Mannsbild hatte halt seine Naupen – doch war er ein echter rechter Mann. Zuerst hatte er sich vor ihr verriegelt, sacht sprang ein Schloss nach dem andern auf. So saßen sie getraulich beieinander, als hätten sie während so gesessen. Vielmals war's ihr, als müsst' sie sprechen, Wort für Wort hatte sie parat, dann würgte sie's wieder in sich hinein, die Kehle war ihr wie zugeschnürt. Wer Sünde tat, der war der Sünde Knecht!

Einmal sonntags hatten sie abgegessen. Da guckte der Flurschütz sie so eigen an, so vernättert, sie wusst' erst selbst nicht wie. Nicht, dass sie's dabei gegrisselt hätte, nur überfiel sie eine Bangigkeit. Seit der Zeit verschloss sie abends ihre Kammer.

Zuweilen, wenn sie ins Backhaus ging, mummelten die Weibsleute: »Die Christine bäckt den Handschlagkuchen, beim Flurschütz ist etz bald Verspruch.« Eine Zeit lang war im Dorf das Gerede, sie seien mitsammen beim Pfarrer gewesen, fix werde die Aufbietung ausgehängt. Das trug man ihr alles geflissentlich zu, und der Flurschütz hörte wohl auch davon.

Selbigmal lag sie stundenlang wach im Bett und quälte sich nächts mit ihrem Brast. Durch ihr Fenster sah sie den Sternenhimmel, und ihr heißes Flehen flog hinauf:

»Du mein Heiland, du sitzst doch nebig dem lieben Gott, kannst mit ihm sprechen, wann du willst. Mach du, dass he mir eine Weisung schickt. Ich vergräm' mich schier zu Tod, dann ich hab mich schrecklich hineingelappt. Dem Jakob wegen sein ich in Dienst hier gangen – alleweil bringen sie mich mit seinem Vater zusammen. Ja, und 's ist nicht bloß das Gewäsch von den Leut, der Flurschütz tut fresslieb mit mir. Behüt', dass er mich narren will, der hat's, schätz' ich, ganz ehrlich vor. Aber dadevon kann keine Sprach' nicht sein. Nein, du mein Heiland, so schlecht sein ich nicht. Ich bitt' dich um alles, was meinst du dann? Mach ich mir leicht oder seh' ich noch zu? Gesetzt, ich verzähl' dem Flurschütz meine Sach'! He hat seine Plane im Kopf und ist imstand und jägt mich fort. Dernach stehn ich auf der Gass' und hab rein nix. Bleibt dann der Jakob ewig versteckelt? Nix Gewisses weiß man nicht. Ja, der kann heut und morgen kommen. Wann man nur ein Fünkchen Klarheit hätt'! Das Gegrübel alsfort bringt ein' um. Du mein Heiland, ich bitt' dich, führ' meine Sach'. Die Sündschuld martert mich fürchterlich. Wie hat der Lehrer zu Velda gesprochen: Falsche Mäuler sind dem Herrn ein Gräuel. Ja schon, aber ich sein doch sonst keine Lügnerin. Lieber Heiland, bist selbst bei armen Leut gewest. Du weißt, wie's unsereinem ist.

71

Was wollt' ich dann in meinem Leiden? Doch nix als so ein klein wink Glück. Gelt, etzern sprichst du mit dem lieben Gott. Derweil sein ich still und verlass' mich auf dich!«

So beschwichtigte sie das mahnende Gewissen. Woche um Woche ging dahin, Zeichen und Wunder geschahen nicht. Es kam der Herbst und die Kirmeszeit. Da hielt der Flurschütz um sie an.

Zweimal hatte sie nein gesagt. Aufgebracht war er davongegangen. Die Kränkung würde er nie verwinden. Sie fühlte tiefinnerst, nun war's vorbei. Morgen schnürte sie ihr Bündel und wanderte in die Stadt zurück. Aber vorher wollte sie alles beichten, dass sie in Wahrheit und Reinheit schied. Ihr hatte kein Heiland, kein Gott geholfen, so war's wohl am besten, sie half sich selbst.

Von diesem festen Entschluss durchdrungen, stieg sie in ihre Kammer hinauf. Totmatt sank sie auf ihr Lager, aber kein erquickender Schlummer schloss ihre Wimpern. Kummervoll warf sie sich hin und her. Erst gegen Morgen forderte die Natur ihr Recht, und sie fiel in einen tiefen Schlaf. Als sie erwachte, stand die Sonne hoch am Himmel. Erschrocken fuhr sie in die Kleider und eilte in die Stube hinunter, doch hatte der Flurschütz das Haus schon verlassen.

10.

Sobald der Bäckermeister Klemmrath in der Frühstunde sich zu Bett begeben hatte, wie es das mühselige aber einträgliche Gewerbe mit sich brachte, übernahm seine Frau das Kommando im Haus. Im Ladenlokal lagen Butterweck, Wasserdatscher und Zwiebäck gehäuft, und der Duft der frischen Backware erfüllte den Raum. Die Lehrbuben erschienen mit ihren Körben. Jeglichem teilte die Meisterin sein Quantum zu und befahl, die Kundschaft rasch zu bedienen. Eben hatten sich die Jungen entfernt, die Klemmrathen

trank, sich verschnaufend, ein Schälchen Kaffee, als ein gut gekleideter, hübscher junger Mensch in den Laden trat. Höflich den Hut
lüftend, begehrte er einen Butterweck, den ihm die Meisterin gab.
Indes er die Pfennige hinlegte, sagte er sichtbar befangen:

»Ist die Christine Wallbott wohl hier?«

»Die Christine? Ei, die ist lang schon fort.«

»So hat sie einen andern Dienst in der Stadt?«

»Bewahr'! Die ist alleweil in Eschenrod. Beim Flurschütz. Der
schreibt sich Daniel Schwalb.«

Der junge Mann entfärbte sich und hielt sich wie von einem
Schwindel befallen mit beiden Händen am Ladentisch fest.

Sein Gebaren machte die Klemmrathen stutzig. Ganz Aug' und
Ohr, fragte sie:

»Sie sein wohl mit der Christine bekannt?«

»Ja«, sagte der Fremde, sich mühsam fassend.

»Ein bescheidentlich Mädchen«, plapperte die Bäckersfrau, »und
risch. Ja wie die schafft, das ist heutzutag bei den Dienstboten
keine Mode mehr. Mein Lebtag hätt' ich ihr nicht aufgesagt. Nu
ist die Christtag eine Frau gekommen und hat sie mir ausgemiet'.
's war mir leid genug. Jetzt treffen Sie sie in Eschenrod. Drei Stund'
von hier, aber ein schöner Weg.«

Ohne sich auf ein Gespräch einzulassen, dankte der junge
Mensch für den Bescheid und ging. Die neugierigen Blicke der
Klemmrathen folgten ihm.

Draußen taumelte er ein paar Schritte vorwärts, als habe ihn
von Neuem ein Schwindel erfasst, dann wandte er sich der nächsten
Gasse zu, die in die Eschenroder Landstraße mündete.

Bald hatte er die Stadt im Rücken. In vielfachen Windungen
führte die Chaussee hinan. Zu beiden Seiten weite Triften, von
Herbstzeitlosen übersät, fernab gelbe Stoppelfelder. Am äußersten
Horizont ragten die Waldberge wie schwarze Ungetüme aus dem
Nebelgewölk. Geisterhaft schwebten die langen weißen Fäden der

Wanderspinne vorbei. Aus dem Erdreich stieg ein dumpfer Moder-
duft auf und gemahnte an Tod und Verwesung.

Mächtig ausschreitend, langte der Wanderbursch auf dem
höchsten Punkt der Straße an und sah Eschenrod in der Talsenkung
liegen.

Die Glocken hoben an zu läuten. Hörnerklänge schwammen
herauf. Jetzt spielten sie drunten den Morgensegen. Herrgott, es
war ja Kirmeszeit!

Und er beflügelte seine Schritte. Ein kurzer Abstieg durch Tan-
nengehölz. Schon hörte er den Hollerbach rauschen, da lugte die
Sägmühle hervor. Vorwärts, vorwärts! Wer saß denn dort am
Wittgeborn? Wahrhaftig, es war der Bettelkaspar. Der hatte den
Ankömmling gleich erkannt.

»Heilig Gewitter, der Schwalbejakob! Ei wo kommst du dann
hergeschneit?«

»Aus Holland«, versetzte der Angeredete und gab dem Bettelkaspar die Hand.

Dieser hatte sich von seinem Erstaunen noch nicht erholt.

»Donnerkil, der Schwalbejakob! Etz kommst du gerad' noch zur
Kirmes recht.

Heut sein die Bauern lustig,
Heut sein sie toll und voll.«

»Ich weiß.«

»Herentgegen ist dein Vater diesen Morgen ins Feld.«

»So?«

»Und hatt' die Donnerbüchs' auf dem Buckel. Von wegen der
Rabenplag'. Elf Pfennig gibt's vom Stück. Da verdient he noch ein'
Haufen Geld.«

»Ich muss weiter«, sagte Jakob ungeduldig.

»Da kommst noch früh genug nach heim«, hielt ihn der Bettel-kaspar zurück. »Tu' was für einen armen Hungerleider und geb in der ›Kron‹ ein paar Dippchen aus.«

»Nachmittag«, versprach ihm Jakob und machte sich in Eile davon.

Der Vater im Feld. Desto besser. So fand er die Christine allein. Fast lief er die lange Gasse hinunter. Noch hundert Schritt zu seines Vaters Haus. Da lag's und funkelneu gestrichen. Vom Donbalken grüßte der alte Spruch:

> Sieh vor dich und sieh hinter dich!
> Die Welt ist gar zu wunderlich.

Jetzt schritt er über den Hof, trat in den Flur. Just kam die Christine aus der Küche.

»Jakob!«

Ein markerschütternder Schrei, und sie brach ohnmächtig zu-sammen.

Schreckensbleich kniete er neben ihr, er rief sie beim Namen: Sie regte sich nicht. Da richtete er sie sanft in die Höhe und trug sie in die nahe Stube. Er stürzte ans Fenster, Hilfe zu holen. Die Straße war völlig menschenleer. Ratlos kehrte er zu der Besinnungs-losen zurück. Heiliger Gott war sie denn tot? Er rang verzweifelt die Hände.

»Christine, Christine!«

Sie hörte ihn nicht. Er warf sich jammernd über sie.

»Gott sei gelobt!«

Sie bewegte sich. Ihre Brust hob und senkte sich. Sie lebte. Jetzt schlug sie die Augen auf.

Zärtlich schlang er die Arme um sie.

»Christine, lieber, lieber Schatz!«

Da traf ihn ihr düster flackernder Blick.

»Rühr' mich nicht an«, stieß sie hervor.

Bestürzt ließ er sie frei. Herrgott, war sie denn irr geworden?

Jetzt erhob sie sich. Ihr Gesicht war totenblass. Ihre Augen funkelten in fiebrischem Glanz. Die Erschütterung war zu gewaltig gewesen. Die Kräfte wollten sie wieder verlassen, sie schwankte. Doch schleppte sie sich zur Ofenbank.

Er ließ sich schweigend neben ihr nieder. Wenn sie erst wieder bei sich sein würde, dass er seinem Herzen Luft machen konnte. Sacht, nur sacht! Minutenlang verharrte er still. Dann begann er mit bebender Stimme:

»Christine, ich bitt' dich, guck mich doch an. Ich bin der alte Jakob nicht mehr. Der ist drunten in Holland geblieben.«

»Der alte Jakob ist tot«, sprach sie dumpf, »ich will von keinem neuen nix wissen.«

»Christine«, flehte er, »hör' mich an.«

»Ich will nix hören!«, fuhr sie auf.

»Christine«, drang er aufs Neue in sie, »tu mir das Herzeleid nicht an!« Tränen erstickten seine Stimme.

Sie hielt sich mit beiden Händen die Schläfen, als wollte ihr die Hirnschale springen.

Er aber demütigte sich vor ihr.

»Ich bin ein Schuft gegen dich gewest. Das gestehn ich zu. Hab's bitter bereut. Seit ich vom Militär fortkommen bin, hab ich Gott weiß was all pexiert. Etz kann ich dir's ja sagen: 's konnt' sein, wo's wollt', 's hat mich alsfort eins gezoppelt. Und das warst du. Hab während an dich denken müssen. Ja – und uns' Kind! Was macht dann das?«

Da hatte er das Wort gefunden, das den Weg zu ihrem Herzen bahnte.

Uns' Kind! Ihre Augen blickten mit einem Mal sanft, das Blut kehrte in ihre Wangen zurück, und ein Lächeln spielte um ihren Mund.

Und als ob nichts geschehen sei, erzählte sie ganz zutraulich, vor acht Tagen sei sie in der Stadt gewesen und habe nach dem Bubchen gesehen. Das sei ein goldiges Kerlchen und wunderdrollig. Und fange es erst zu babbeln an, könne man sich gerad' wälzen vor Lachen.

Glückselig sah sie vor sich hin. Zaghaft ergriff er ihre Hand.

Diesen Morgen, sprach er, sei er mit dem Fünfuhrzug gekommen und direkt zu den Bäckersleuten gegangen, nicht anders denkend, sie diene noch dort. Wie er gehört habe, sie sei bei seinem Vater in Eschenrod, habe er gemeint, ihn treffe der Schlag. In einer Hatz sei er hergerannt. Und nun das Glück, dass der Vater außerhalb sei. So könne er gleich sein Herz ausschütten. Jetzt sei ihm auf einmal ganz glühnig zumut. Greinen möcht' er vor lauter Freud'.

Sie lehnte sich an die Wand zurück, und ihr hübsches Gesicht war wie verklärt. Was sie erlebte, war kein Traum, war offenbare Wirklichkeit. Der Jakob, der verlorene Schatz, saß leibhaft neben ihr. Sie schaute ihn von der Seite an. Das war der alte Krollenkopf, und das Schnurrbärtchen gar stolz gedreht. Jakob, Jakob! O du Heiland, er war's. Hielt ihre Hand und tat so lieb. Selig vergaß sie Groll und Harm und genoss die Wonne des Wiedersehens.

Was in ihr vorging, verriet der Druck ihrer Hand. Wie ein warmer Strom ging's von ihr aus.

»Etz kann passieren, was will«, sagte er gerührt, »uns zwei bringt nix mehr auseinander. Guck, wo mir's in Holland so schlecht gegangen ist, da bin ich erst zu Verstand gekommen. Tag und Nacht könnt' ich verzählen.«

Die Erinnerung an überstandene Leiden wurde in ihm wach, und er sprach sich in bewegten Worten aus.

»Von Düsseldorf bin ich herunter nach Amsterdam. Da war ein Kamerad von mir. Der sollt' einen Platz für mich ausfindig machen. Mit der Malerei war's aber nix. Sie hatten überall Leut' genug. Die Holländer haben was los. Es muss einer schon ein Meisterstück liefern, wer denen etwas vormalen will. Dessentwegen hätt' ich ihnen doch was zeigen können! Nu tat ich hier und dort mich um, krag dir aber ums Leben nix. So musst' ich in den sauren Apfel beißen und bei einem Weißbinder in Arbeit gehn. Da hab ich ein schön Stück Geld verdient. Der Weißbinder schrieb sich Paddenburg und hat auch ganz gut deutsch geschwätzt. Etz musst du wissen, das Amsterdam steht im Wasser, die Häuser sind auf Holzwerk gebaut. Man sollt's gar nicht für möglich halten. Über dem Wasser liegt als ein dicker Schwadem. Was die Holländer sind, die sind dran gewöhnt. Mir ist der Dunst auf die Nerven gefallen. Ich tat mich ganz barbarisch wehren. 's half nix. Ich krag das Fieber so hitzig, dass sie mich ins Spital getragen haben. Da hab ich acht Tag lang nix von mir gewusst. Dernacher bin ich so matt gewest, dass sie für mein Leben nix mehr gegeben haben. Die barmherzige Schwester hat alsfort mit mir gebet'. Ein' Sonntag hab ich selber gedacht, heut ist's vorbei. Nu liegt man da und kann sich nicht rühren, aber im Kopf rumort's in einem zu. Und da sieht man alles genau bis zurück, wo man so'n kleiner Knibbes war. Und was man auf dem Gewissen hat, das sticht ein' akrat wie glühende Nadeln. Den Schmerz hätt' ich zur Not verbissen, aber dass ich dich hab sitzen lassen, dadrüber kam ich nicht hinaus. Und hab in mich hinein gegreint und hätt' Gott weiß was drum gegeben, wann du sell bei mir gewesen wärst. Dernacher bin ich eingeschlafen. Und die Schwester hat gemeint: Der wacht nimmer auf. Die Nacht und den Tag drauf lag ich wie tot. Ich muss aber doch noch Kraft gehabt haben, dann Montag gegen Abend bin ich lebig worden. Von der Stund an, kann man sagen, war ich kuriert. Nu haben sie mich noch ein paar Wochen aufgefüttert, dernach haben sie mich gesund geschrieben. Der Paddenburg wollt' mich gleich wieder nehmen. Ich hatt' aber keine Ruh' im Leib, bin stante pe auf die Eisenbahn und bin durchs Rheinische heimgefahren.«

Sie war seiner Erzählung mit gespannter Aufmerksamkeit gefolgt. Da er von seiner schweren Erkrankung sprach, flossen ihre heißen Tränen. Er hatte schrecklich viel ausgehalten, hatte gewisslich all' seine Sünden gebüßt. Und ein guter Mensch war er doch! Denn als er mit dem Tode rang, hatte er noch an seine Christine gedacht.

Mit dem Blick besorglicher Liebe sah sie ihn an.

»Etz merk' ich erst, wie blass du bist. 's hat dich geherigd mitgenommen.«

Er meinte, er habe sich völlig erholt und spüre die alte Kräftigkeit. Sie brauche sich keine Gedanken zu machen. Jetzt sei die Reihe an ihr zu erzählen. Er könne es noch gar nicht fassen, dass sie hier bei seinem Vater diene, da müsse ein Wunder geschehen sein.

Nun gab sie ihm getreulich Bericht, wie sich alles zugetragen, wie sie die Zeit her sündlich geschwiegen und stündlich auf seine Rückkehr gehofft. Seit Fastnacht habe er nicht mehr geschrieben. Da habe sein Vater geglaubt, er sei übers Wasser und habe ihn gänzlich aufgegeben. Indes habe sie still ihre Arbeit getan und nicht nach rechts und nach links geguckt. Der Flurschütz sei aber gar liebreich gewesen, und was sie voll Schrecken vorausgesehen, das habe sich gestern Abend erfüllt: Er habe um sie angehalten. Dieweil sie's ihm nun verreden musste, habe er's mühsam hinuntergewürgt und sei in Erbitterung fortgegangen. Seit gestern habe sie ihn nicht mehr gesprochen, doch sei's ihr ernstlicher Vorsatz gewesen, heute Abbitte bei ihm zu tun, dass sie verheimlicht, wer sie sei – und alsogleich Adjes zu sagen.

Mit weitaufgerissenen Augen hatte Jakob zugehört. Nun sprang er von Sorge und Furcht ergriffen auf. Ein Reumütiger war er heimgekehrt, begangene Schuld zu sühnen. Christine hatte ihm verziehen, hatte ihm die Treue gewahrt. Würde sein Vater sich versöhnen, da er als Nebenbuhler vor ihn trat? Er kannte des Mannes Sinnesart. Erfuhr der die Wahrheit, geriet er in Flammen.

Er würde sich bei Gott nicht getrauen, den Wütenden zu besänftigen. Vielleicht, dass es der Christine gelang. Auf der Heimfahrt hatte er sich vorgeredet, sobald er mit seinem Mädchen einig, wollten sie hurtig Hochzeit halten. Bei seinem Lehrherrn, dem Weißbinder Möhl, hatte er einen Stein im Brett. Der Alte war wohlhabend und kinderlos. Gern möglich, dass der ihm sein Geschäft verkaufte, dafern der Flurschütz den Beutel zog. Dann trieb man die Weißbinderei nur nebenher, die Hauptsache war die Dekorationsmalerei. Ein reicher Mann würde sich auch wohl finden, der sich eine feine Villa bauen ließ. Da wollte er Wände und Decken bemalen, dass die ganze Stadt zusammenlief. Und die Rede ging von Mund zu Mund: Das ist das Werk des Jakob Schwalb, so leicht macht ihm das keiner nach. Und die Leute kamen von außerhalb, die Arbeit des jungen Meisters zu sehen, und waren alle des Lobes voll. Er aber gelangte zu hohen Ehren und erfüllte das Land mit seinem Ruhm.

An diesen Fantastereien hatte er sich förmlich berauscht und Luftschlösser über Luftschlösser gebaut. Jetzt war er aus allen Himmeln gefallen und den Tatsachen gegenüber mutlos und schwach.

Insgeheim freute sich Christine seiner Niedergeschlagenheit, diese galt ihr als untrügliches Zeichen, dass er, seines Leichtsinns ledig, ein andrer Mensch geworden war. Ihr weiches Herz wollte überwallen, doch hielt sie an sich und sprach zur rechten Zeit ein verständiges Wort.

»Guck Jakob, man muss alles von zwei Seiten betrachten. Dein Vater tut nix unversonnen und hat sich das gründlich überlegt. He steht in voller Mannhaftigkeit und braucht sein Leben nicht zu verfetzen. Auf dich hat er keine Gedanken mehr gehabt, und wann er sich wieder verheiraten will, kann's ihm, weiß Gott, keins übelnehmen. Etz kann er meine Absag' gar nicht bekappen. He sagt sich, er braucht bloß die Hand auszustrecken und hat an jedem

Finger eine. Und's ist auch so. Dann die Mannsleut, die's mit den Mäderchen ehrlich meinen, die sein barbarisch rar heutzutag.«

Sie hielt inne und sah ihn bedeutungsvoll an. Er trat ans Fenster, seine Verlegenheit zu verbergen.

»Weil wir gerad' davon schwätzen«, fuhr sie fort, »ich müsst' ja falsch sein, wann ich dir's nicht ins Gesicht sagen tät', wie du dich an mir versündigt hast. Etz sein's bald zwei Jahr, dass du fortgemacht bist. Sell hab ich gedenkt, du müsst' mich kennen, dass ich mich vor dir nur aufgenesselt hab und sonst vor keinem mehr auf der Welt. Ja, sein dann die Weibsleut allegar liederlich, dass kein Mannsbild so was glauben darf? Guck, wärst du nicht so treulos gewest, das Bubchen hätt' mir nix gemacht. So hoch hätt' ich mein' Kopf getragen!«

Sie stand auf, und eine entschiedene Haltung hob ihre schlanke Gestalt. Unwillkürlich wandte er sich um, und ihre Blicke begegneten sich.

»Christine«, bekannte er offenherzig, »ich bin kriminalisch schlecht gewest.«

»Du hast keine Ahnung«, sprach sie weiter und ihre Stimme dämpfte ein schmerzlicher Klang, »wie mir's gewest ist in den zwei Jahr'. Guck, wann eins ein Metzgermesser nimmt und stößt mir's akrat in die Brust, 's kann nicht so weh tun, wie mein Brast. Und dass du's nur weißt, ich hab dich verflammt und verflucht und« – setzte sie schamhaft errötend hinzu – »hab mich während dabei erwischt, dass ich dich doch noch lieb haben tat.«

Er zog sie beseligt an seine Brust und beteuerte:

»So wahr unser Herrgott im Himmel ist, ich mach's wieder gut!«

»Das hoff' ich«, sprach sie vertrauensvoll.

Eine Weile genossen sie stumm ihr Glück, dann sagte er:

»Ich hab mir das so ausgedenkt, du solltst zuerst mit dem Vater reden.«

»Jakob, ich denk' wir reden beidsammen.«

Er runzelte die Stirn.

»Ich fürcht' halt, er wird kollerig.«

»Dein Vater ist kein unguter Mann.«

»Ja schon, aber wo ich so jähling komm'. Und auf den Stutzer noch unser Sach'.«

»Ich kenn' dein' Vater«, ermutigte sie ihn. »Der schäumt gleich auf und donnert los. Etz wann er's verworgt hat, gibt er nach.«

Er hegte doch noch mancherlei Zweifel, ob alles gut verlaufen werde. Sie meinte, er sei so lang draußen gewesen, dass ihm der Vater fremd geworden.

Sie erzählte, wie sie's angefangen, dass der Flurschütz sie niemals angeschnauzt habe. Wer ihn nur recht zu nehmen wisse, der könne ihn um den kleinen Finger wickeln, denn im Grund habe er ein treues Herz und mute niemand unbilliges zu. Das verdeutlichte sie an allerlei Zügen, die sie bei ihm beobachtet hatte.

Jakob wunderte sich ein über das andre Mal, wie erzgescheit die Christine war. Wenn die's darauf anlegte, seinen Vater herumzukriegen, da musste er die Segel streichen. Das Bild des Flurschützen, das er sich in düsteren Farben ausgemalt, erschien ihm gemach in freundlicherem Licht. Seine Besorglichkeit wich einer beruhigten Stimmung. Nach seiner Art entwarf er Zukunftspläne, setzte sich aufs hohe Pferd und überließ sich einer großen Fröhlichkeit.

»Juchhe! Martini muss Hochzeit sein!«

Jubelnd hob er die Christine in die Höhe, setzte sie auf seinen Schoß und herzte sie, dass ihr der Atem verging.

»Jakob, du bist nicht recht klug«, wehrte sie.

Ihre Zurückhaltung steigerte seine Leidenschaft.

Er presste sie an sich und bedeckte ihren Mund mit brennenden Küssen.

Sie stemmte die Arme gegen seine Brust und stammelte angstvoll:

»Jakob, lass' ab!«

Seine wilde Sinnlichkeit riss ihn mit fort. – –

Sie widerstrebte ihm mit aller Kraft. –

So kämpften sie einen heißen Kampf –.

11.

Hoch in den Lüften kreist ein Schwarm von Krähen. Schnell wie die Windsbraut stoßen ihrer zwei auf frisch bestelltes Ackerland herab. Mit hörbarem Brausen folgt der ganze Flug. Die schwarze Legion bedeckt den lockeren Grund und macht sich über die Wintersaat her.

Dem Bauersmann sind die Krähen verhasst, was man ihm auch von ihrem Nutzen vorpredigen mag. Er weiß, sie wackeln hinter dem Sämann her und lesen die leckeren Fruchtkörner auf. Genehmigt es die Obrigkeit, wird das Krähenschießen zum Fest.

Am Saum des Gemeindewalds, vom Stamm einer mächtigen Kiefer gedeckt, steht der Flurschütz, das Gewehr im Anschlag.

Jetzt drückt er los.

Zwei Räuber bleiben tot auf der Stätte. Die übrigen ergreifen die Flucht, aus der Höhe klingt ihr krächzendes Kroa.

Der Flurschütz lädt aufs Neue sein Gewehr, freilich nur dem Jägerbrauch folgend, denn er kennt die Krähen als schlaue Patrone. Zum Schuss wird er diesen Morgen kaum wieder kommen.

Gemächlich nähert er sich dem Feld und bindet die Jagdbeute zusammen: zwei alte, feiste Gesellen, das Gesicht vom Bohrgeschäft federlos. Die haben mancherlei auf dem Gewissen. Nun hat sie ihr Verhängnis ereilt.

Der Flurschütz überschreitet die Gewann und begibt sich hinunter zum Hollerbach. Am Uferrand lässt er sich langsam nieder. Er ist seit Tagesgrauen auf den Beinen, da tut ein wenig Ruhe gut.

Der Platz ist ihm gar wohl vertraut. Hier hat er oft als Kind gesessen, der Gänsehannes neben ihm.

»Hannes, Popannes,
Was machen die Gäns?
Sie sitzen im Wasser
Und puddeln die Schwänz.«

Der Gänsehannes erzählte Geschichten, von Nöcken und Nixen wunderbar. Und das Wasser rauschte so seltsam dazu, da konnte man das Gruseln lernen. Der Jugendfreund ist lang schon tot, und die Nöcken und Nixen auch. Nur das Wasser rauscht wie jenesmal.

Ein Sandstein liegt im klaren Grund, von der Strömung sauber ausgewaschen. Wenn man den Kopf einmal so ausspülen könnte, das würde eine Wohltat sein. Da nisten die Gedanken drin und immer neue fliegen zu. Wahrhaftig, der Kopf ist härter wie Stein, sonst müsst' er bei dem Rumor zerbersten.

Was hilft das alles, Daniel? Du musst dich halt ducken. Ja schon, aber barbarisch sauer wird's einem doch. Für wen hast du dich abgeplackt? Wann du stirbst, bleibt deine Türe offen. Jakob! Jakob! Nein, schweig still! Reiß die Vatergedanken heraus. Der Lump ist bei dir ausgetan!

Im Dorfe läutete es zehn Uhr. Was mochte jetzt die Christine schaffen? Wahrscheinlich war sie in ihrer Kammer und packte ihre Siebensachen. Dass sie heute Abschied nahm, war ausgemacht, wie er sie kannte. Danach ging sie wohl in die Stadt zurück und tat sich nach einer Stelle um.

Das Mädchen gab einem Rätsel auf. Sie brachte sich lieber kümmerlich durch, als dass sie behäbig im Wohlstand saß. Oder waren ihr die Mannsleute allesamt ein Gräuel? Dem widersprach ihr leibliches Kind. Der Schnappersgritt Rede nach hatte sie's von einem Infanteristen, der längst über alle Berge war. Sein Name war nie über ihre Lippen gekommen.

Und doch – bedachte man's genau, gab's für ihr Tun nur eine Deutung: Der Soldat hatte es ihr angetan, dass sie ihn nimmer vergessen konnte. Wahrhaftig, das musste ein Mordskerl sein!

Wenn man unter den Weibsleuten Umschau hielt, es gab nicht viele wie die Christine. Er hatte seine Freude an ihr gehabt, ja dass er sich's nur eingestand, er war bis über die Ohren in sie vernättert.

Vergangene Woche hatte ihn der Balthasar Röckel geladen. Sie probierten den neuen Äpfelwein und saßen, als hätten sie Pech an den Hosen. Er hatte ein bisschen viel getrunken Um Mitternacht trat er in seine Hofreite ein. Da überkam ihn unbändige Jugendlust. Und akkurat wie die jungen Burschen taten, holte er die Leiter aus der Scheuer herbei, stellte sie unter der Christine Fenster und stieg behände die Sprossen hinauf.

»Steh auf, du wackeres Mädelein,
Komm, lass' mich zu dir herein.«

Droben regte sich nichts. So krabbelte er bedumpft herunter und stellte die Leiter an ihren Ort. Am anderen Morgen hielt er Einkehr bei sich. Der Teufel sollte den Apfelwein holen. Der hatte ihn zu dem Streich verführt. Im Stillen leistete er einen Schwur, sein Gelüste niederzuhalten, es sei denn, die Christine wurde sein ehelich Weib.

Nun hatte er gestern seine Hoffnung begraben. Kochend war er fortgestürmt, die Straße hinunter ins freie Feld. Die halbe Nacht war er herumgestrichen. Im Wald hatte ihn das Gewitter überfallen. Und mitten im Toben des schweren Wetters hatte er seine Ruhe wiedergewonnen. Die klare Besinnung gebot, zu verzichten.

Unser Herrgott hatte einen großen Garten. Vielerlei Pflanzen wuchsen darin, und jegliche forderte ihren Platz. Konnte man's einem Menschenkind verargen, dass es seine eignen Wege ging? Die Christine war nicht wie andre Mädchen. Die musste man mit besondrem Maße messen. Ihr Bild stieg greifbar vor ihm auf, wie sie gestern zitternd vor ihm stand: das Bild einer armen Geängsteten. »Nehmt's nicht für ungut, es kann nicht sein!« Das hatte unsäglich traurig geklungen. Da war gewiss kein Falsch dahinter. Sollte er den Stab über sie brechen?

Er schämte sich seiner Aufgebrachtheit. Verflixt! Wenn er hundert Jahre alt wurde, die Gäule gingen halt mit ihm durch. Das war ein Erbteil von seinem Vater. Der hatte mit seinem hitzigen Blut das halbe Dorf sich feind gemacht. Und war der beste Mann von der Welt. Ja, stak in ihm denn Boshaftigkeit? In seiner Gefreundschaft wussten sie's: Es war kein Tröpfchen Gift in ihm. Und wenn's die Christine nicht glauben mochte, jetzt sollte sie ihn kennenlernen. Er gab ihr den vollen Jahreslohn und für ihr Bubchen was dazu. Wollte sie diesen Nachmittag ziehen, bat er den Vetter Röckel um dessen Gespann. So schwer's ihm wurde, er fuhr sie selbst. Das hatte sie um ihn verdient.

Gegen Mittag kehrte er ins Dorf zurück. Dort hatte die Kirmesfreude ihren Höhepunkt erreicht. Auf der Schleifwiese tummelte sich das junge Volk, die Musik stimmte den Siebensprung an. Vor der Krone saßen die reichsten Bauern und becherten Wein. Etliche waren schon benebelt.

Als der Flurschütz eben vorüberschritt, trank ihm dieser und jener zu. Er mochte nicht unhöflich erscheinen und ließ sich bereden, ein wenig zu bleiben. Darauf tat er der Sitte gemäß jedem Bescheid. Das starke Getränk stieg ihm zu Kopf.

Von ungefähr kam der Röckel dazu. Der nahm den Vetter geheimtuerisch beiseit.

»Daniel, hab ich dann recht gehört?«

Der Flurschütz sah ihn verwundert an.

»Was ist los?«

Der Röckel stutzte.

»Wo kommst du dann her?«

»Direkt vom Feld.«

»Das ist nicht schlecht.«

»Ich glaub', du hast dein' Uz mit mir.«

»Bewahr'! No du wirst Augen machen.«

Dem Flurschützen riss die Geduld.

»Etz sprech' dich aus«, sagte er fast grob.

Der Röckel neigte sich nah' zu ihm hin.

»Alleweil ist mir der Bettelkaspar begegnet.«

»Ja und?«

»Der hat mir's verzählt. Hab gemeint, ich müsst' auf den Rücken fallen. Dein Jakob ist diesen Morgen gekommen.«

»Der Jakob!«, prallte der Flurschütz zurück und stützte sich auf seinen Stock.

»Den bringt der Teufel«, sagte der Röckel, denn er wusste als Freund und Anverwandter, wie Vater und Sohn miteinander standen.

»Krieg die Kränk!«, richtete sich der Flurschütz auf, und die Flammen schlugen ihm aus dem Gesicht. »Ich hab mit dem Nautnutz nix mehr zu schaffen.«

»Ruhig Blut!«, redete ihm der Vetter zu.

»Wo soll he dann sein?«

»Wie der Kaspar spricht, bei dir zu Haus.«

»Oha! Da sein ich der Herr, da hat he nix zu suchen!«

»Ich denk' doch, du wirst fertig mit dem.«

Der Flurschütz hob den Arm empor.

»Ich sein dir gut dafür!«

Er sagte der Tischgesellschaft hastig »Adjes!« und ging. War ihm die Hiobspost in die Knie gefahren oder war's der ungewohnte Wein, er torkelte förmlich über den Platz.

Der Röckel setzte sich zu den Bauern.

»Was hast du dann mit dem Daniel gehabt?«, ging man ihn neubegierig an.

»Ich?«, sagte der Röckel. »Dreimal nix. Das Neuste ist: Der Schwalbejakob ist wieder da!«

Ein paar Fäuste schlugen auf den Tisch.

»Der Schwalbejakob!«

»Kreuzdonnerwetter!«

»Wo hat dann der Kleckser die Zeit her gestocken?«

»Drüben in Amerika.«

»Das heiß' ich unverhuts Kirmesbesuch.«

»Der hat noch gefehlt.«

»Achtung, ihr Leut', der Bull' geht um!«

»Sperrt etz euer Mädercher ein.«

»Ja, he hat's sellemal arg getrieben.«

»Und fängt am End' das Geschäft wieder an.«

»Schwätz doch kein Blech!«

»Wieso?«

»He wusst' genau, wo er anpochen konnt'.«

»No, no.«

»Das versteht sich.«

»Bei so was sein immer zwei, die's wollen.«

»Eschenröder Mädercher
Legt euch in die Bohne,
Wann der Schwalbejakob kommt,
Wird er auch belohne.«

Brausendes Gelächter erschütterte die Luft. Die Gläser dröhnten aneinander, der Wein rann in Strömen durch die Gurgeln.

Indes schwankt der Flurschütz die Gasse hinunter, den hochroten Kopf vornübergebeugt.

»Himmelsakerment, sein ich dann durmelig?«, spricht er mit sich selbst. »Schwätz' dir nix ein, du bist nicht durmelig. Ja freilich der Wein. Musst mich dann der Teufel reiten, dass ich das Zeug herunterschütt'? Ich sein doch durmelig. Daniel, hab deine Gedanken zusammen. Der Stromer ist wieder lebig worden. Das hätt' ich mir nicht träumen lassen. Gott straf' mich, hab gemeint, he ist rackemaustot. Was ist dann an so einem Mensch verloren? Daniel, Daniel, he ist doch dein Kind! Fein gesprochen. Und was für ein Kind! Hatt' he ein Funken Lieb' zu seinem Vater? Fauklerei! Als Fass sein ich ihm gut gewest. Das heißt, solang er dran zapfen konnt. Spund zu! Der kommt mir recht. Von mir aus kein' roten Pfennig mehr!«

Nimmt denn die Gasse heut kein Ende? »Allo, allo!« Der Schweiß dringt ihm aus allen Poren. Da wohnt der Schmalbach, da der Röckel. »Allo, allo!« Nun kommt sein Gehöft.

Am Gartenzaun steht der Bettelkaspar und grient ihn an.

»Daniel, Mensch, wo steckst du dann? Sput' dich, hast Besuch gekriegt. Das Jaköbchen ist wieder da. Hat Bäckelcher wie Milch und Blut und ist den Mäderchen so gut. Daniel, sput dich!«

Der Flurschütz lässt den Kaspar tralatschen und schreitet das Staket entlang. Jetzt biegt er in die Torfahrt ein. Zwei Stufen führen ins Haus hinauf. Die Küche ist leer. Wo ist die Christine? Vielleicht in der Scheuer. Horch doch, horch! Was war dann das? Da stöhnt jemand, als ging's ihm ans Leben. Daniel, Daniel, bist wirr im Kopf. Horch! Jetzt wieder. Ein verhaltener Schrei.

»Gottes Donner, das ist die Christine!«

Ein Sprung, er stößt die Stubentür auf. Das Blut erstarrt in seinen Adern, die Augen quellen ihm aus den Höhlen. Ein Mann über die Christine her. Hölle und Teufel!

Nun erkennt er ihn.

»Jakob!«

Der Boden wankt ihm unter den Füßen. Vor seinen Augen züngeln Flammen. Ein Wirbel rast durch seinen Kopf.

Im Nu reißt er das Gewehr herunter. Knack, schnappt der Hahn. Da kracht der Schuss. Rittlings schlägt der Jakob zu Boden. Die Kugel ist in den Kopf gedrungen. Er ist tot!

Die Christine schnellt auf. Der Wahnsinn will ihr Gehirn umklammern. Ein grässlicher Schrei entringt sich ihren Lippen.

»Was habt Ihr getan? He ist der Vater von meinem Kind!«

Der Flurschütz taumelt ein paar Schritte vorwärts und stürzt an der Leiche seines Sohnes nieder. Um seine Schultern baumeln die Krähen, die er am Morgen geschossen hat.

Der Bettelkaspar hat den Schuss gehört. Halb neugierig, halb erschreckt, schleicht er ins Haus und lugt in die Stube herein.

»Gott soll sich erbarmen!«

Das Entsetzen packt ihn, er rennt fort.

»Mordio, Mordio!«

Das Wort schlägt wie der Blitz in die Häuser. Die Leute sammeln sich auf der Gasse.

»Mordio, Mordio!«

Die Schreckenskunde dringt in die Krone. Die Alten lassen den Wein im Stich. Den Jungen ist die Lust zum Tanzen vergangen. Die Musiker klettern von ihrem Podium herunter.

»Mordio, Mordio!«

Der Kronenwirt steht mit schlotternden Knien.

»Ihr müsst es drin den Gendarmen sagen!«

Da kommen sie schon in voller Wehr. Vorwärts in des Flurschützen Haus! Trapp, trapp! Hinter ihnen drängt die Menge nach. Niemand getraut sich laut zu sprechen, die Stimmen sinken zum Flüstern herab. Trapp, trapp! Die Gasse erdröhnt vom Tritt der Kolonne. Halt! Jetzt sind sie am Ziel.

Die Gendarmen wenden sich um.

»Dass sich keins untersteht, das Hans zu betreten!«

Der Bürgermeister und der Ortsdiener keuchen heran. Als Amtspersonen haben sie Zutritt.

Darauf gehen sie selbvier hinein.

Wohl eine Viertelstunde verstreicht.

Die Menge verzehrt sich in Ungeduld.

Endlich öffnet sich die Tür. Voran ein Gendarm, dahinter der Flurschütz, die Hände auf dem Rücken gefesselt. Er trägt sein Dienstabzeichen auf der Brust. Die Mütze hat er tief ins Gesicht gedrückt. Seine Blicke sind auf den Boden geheftet. Er scheint sich mühsam fortzuschleppen. Die hohe Gestalt ist völlig gebrochen.

Der Menschenschwarm weicht scheu zurück und bildet unversehens Spalier. Bei den Weibern hört man unterdrücktes Schluchzen, die Männer sehen finster drein. Das Mitleid folgt dem Unglücklichen, den die Gendarmen vor den Richter führen.

Vom Kirchenplatz geht's mählich hinan. Uralte Bäume besäumen den Weg, sie tragen roten Blätterschmuck. Die leuchtenden Farben bedeuten das Leben. Der Wind aber ist ein Unglücksprophet. Der rauscht, sie bedeuten den Tod.

Mit einem Mal flammt die Sonne auf und entzündet die Kronen zu gleißender Glut. Eine Feuersbrunst loht die Straße hinauf. Und die Riesenfackeln zur Rechten und zur Linken geben dem Flurschützen das Geleit.